DEBBIE MACOMBER

Schneeflockenträume

Autorin

Debbie Macomber begeistert mit ihren Romanen Millionen Leserinnen weltweit und gehört zu den erfolgreichsten Autorinnen überhaupt. Wenn sie nicht gerade schreibt, ist sie eine begeisterte Strickerin und verbringt mit Vorliebe viel Zeit mit ihren Enkelkindern. Sie lebt mit ihrem Mann in Port Orchard, Washington, und im Winter in Florida.

Von Debbie Macomber bereits erschienen

Winterglück · Frühlingsnächte · Sommersterne · Herbstleuchten · Rosenstunden · Leise rieselt das Glück · Das kleine Cottage am Meer

Weitere Informationen unter: www.debbiemacomber.com

Besuchen Sie uns auch auf www.facebook.com/blanvalet und www.twitter.com/BlanvaletVerlag

DEBBIE MACOMBER

Schneeflocken Träume

ROMAN

Deutsch von Nina Bader

blanvalet

Die Originalausgabe erschien 2018 unter dem Titel »Alaskan Holiday« bei Ballantine Books, an Imprint of Random House, a division of Penguin Random House LLC, New York.

FSC
www.fsc.org
MIX
Papier aus verantwortungsvollen Quellen
FSC® C014496

Verlagsgruppe Random House FSC® N001967

1. Auflage

Redaktion: Ulrike Nikel
Umschlaggestaltung: www.buerosued.de
Umschlagmotive: © living4media/Gratwicke, Catherine
Satz: KompetenzCenter, Mönchengladbach
Druck und Bindung: GGP Media GmbH, Pößneck
KW · Herstellung: sam
Printed in Germany
ISBN: 978-3-7341-0799-3

www.blanvalet.de

Liebe Freunde,

Alaska ist zweifellos etwas ganz Besonderes. Diejenigen, die sich dafür entschieden haben, in dem neunundvierzigsten Staat der USA zu leben, sind meist raubeinige Gesellen. Ich habe einmal gelesen, in Alaska seien die Männer Männer und die Frauen ebenfalls. Es heißt außerdem, dass für Singlefrauen die Auswahl groß, die Qualität hingegen gewöhnungsbedürftig sei. Okay, keine Witze mehr.

Nachdem meine erste Weihnachtsgeschichte aus Alaska, *Starry Night*, so viel Anklang gefunden hat, wurde ich gebeten, eine weitere Story in diesem kalten Land, der Last Frontier, wie es auch genannt wird, spielen zu lassen. Hier ist sie.

Vor etlichen Jahren flogen mein Mann Wayne und ich hoch in den Norden Alaskas über den nördlichen Polarkreis hinaus, um für eine Buchserie zu recherchieren, und verbrachten einen Tag dort, damit ich mir einen Eindruck vom Leben in der Tundra verschaffen konnte. Es war ein Ausflug, an den wir noch gerne zurückdenken. Deshalb spielt die neue Geschichte auch in dieser Gegend, und ich hoffe, dass sie euch gefällt.

Sie handelt von Josie und Palmer und ihrer Liebesgeschichte. Dabei hatte Josie sich ihr Leben eigentlich ganz anders vorgestellt, und die große Liebe stand absolut nicht im Vordergrund. Schon gar nicht, wenn es sich dabei um einen Mann handelte, der im hohen Norden lebte. Josies Ziele, Träume und Pläne für die Zukunft ließen sich lediglich in Seattle verwirklichen. Palmer hatte ebenfalls Pläne, doch die bestanden ausgerechnet darin, Josie zu seiner Frau zu machen. Konflikte waren da unausweichlich.

Und dann ist da noch Jack! Ich bin sicher, er wird euch ständig zum Lachen bringen. Stopp, ich greife vor und verderbe euch womöglich den Spaß. Lehnt euch lieber zurück, entspannt euch und vertieft euch in die Geschichte. Ich hoffe, dass ihr beim Lesen an irgendeiner Stelle die Augen schließt und das Knistern der Polarlichter hört.

Wie immer freue ich mich darüber, von meinen Lesern zu hören. Ihr erreicht mich über Facebook, Instagram oder Twitter oder über meine Website debbiemacomber.com. Wenn es euch lieber ist, könnt ihr mir auch an die Adresse P.O. Box 1458, Port Orchard, WA 98366 schreiben.

Mit den herzlichsten Grüßen
Debbie Macomber
Oktober 2018

1. Kapitel

Palmer

»Wirst du Josie einen Heiratsantrag machen oder nicht?«, wollte Alicia wissen.

Ich schloss die Augen. Es kam mir so vor, als würde meine Brust sich zusammenziehen und mein Herz einen Salto schlagen.

»Palmer, hast du mir zugehört?«

»Ich habe dir sogar sehr genau zugehört.«

Es war ein Fehler gewesen war, meine große Schwester anzurufen, ich hatte es geahnt.

Alicia pflegte stets unverblümt ihre Meinung zu sagen. Sie wusste, was ich für Josie empfand, und als meine selbst ernannte Beschützerin gedachte sie es nicht zuzulassen, dass Josie abreiste, ohne dass ich ihr meine Gefühle für sie gestanden hätte.

»Dann beantworte meine Frage. Wirst du Josie sagen, dass du sie liebst?«

Meine Schwester und ich waren in Alaska in einem winzigen Nest oberhalb des nördlichen Polarkreises aufgewachsen. Und da wir mangels Schule zu Hause unterrichtet worden waren, besaß ich nicht viele Erfahrungen in puncto soziale Interaktion, die man anderswo bereits im Kindesalter lernte.

Trotzdem würde ich dieses Leben gegen nichts anderes eintauschen wollen, bedauerte lediglich, dass es mir an gewissen Fähigkeiten mangelte, die man in einer anderen Umgebung ganz selbstverständlich erwarb. Bei Alicia, die mir diesbezüglich einiges voraushatte, da sie inzwischen in Fairbanks lebte, klang alles immer so einfach. Ich hingegen fühlte mich, als sollte ich mein Herz auf einen Hackblock legen, obwohl das Risiko, dass es in Stücke gerissen wurde, sehr groß war.

Mein größtes Problem allerdings bestand darin, dass ich nie auch bloß annähernd das war, was man als romantisch bezeichnen würde. Das überließ ich den Jungs aus der Stadt. Ich war ein Naturbursche, ein Mann aus Alaska, blumige, gefühlvolle Worte waren mir so fremd wie mit Kürbis gewürzter Latte.

Und wenn es darum ging, eine Frau zu erobern, war ich so schwerfällig wie ein Holzklotz, würde also mit absoluter Sicherheit nie der Typ sein, der Gedichte rezitierte. Hinzu kam, dass kaum jemand ein Leben in der Wildnis Alaskas attraktiv fand, erst recht kein hübsches Mädchen. Insofern war die Auswahl an Frauen betrüblicherweise eher sehr mager.

Die meisten kannten nicht mal den Namen des

Ortes, in dem ich lebte, denn Ponder war Meilen von dem entfernt, was noch geradeso als Zivilisation durchging, lag nordöstlich von Fairbanks, der zweitgrößten Stadt Alaskas, die mit ihren rund dreißigtausend Einwohnern ebenfalls nicht gerade ein Hit war. Gemessen an Ponder jedoch schon. Dessen Einwohnerzahl stieg in der Saison, wenn die Lodge Wanderer und Naturfreaks anlockte, mit Glück auf dreihundert an. Im Winter blieben ein Haufen abgehärteter Männer und Frauen sowie eine Handvoll Familien zurück. Immerhin gab es zwei Kneipen, die während des langen Winters die einzige Unterhaltung darstellten.

Dass Alicia mich nach dem Motto *Jetzt oder nie* schwer bedrängte, Josie einen Antrag zu machen, ging mir auf den Geist. Allein bei dem Gedanken, sie zu bitten, in Ponder zu bleiben, brach mir der kalte Schweiß aus. Ich fühlte mich schlimmer als während der Grippe, die mich letztes Jahr übel erwischt hatte.

Was sollte sie auch hier? Keine Frau wollte hier leben. Und selbst in der Angel- und Jagdlodge, die den ganzen Sommer über ziemlich frequentiert war, gab es überwiegend Männer. Frauen, insbesondere Singles, waren in Ponder dünn gesät. Die einzigen weiblichen Wesen, die ich in den letzten paar Jahren kennengelernt hatte, waren diejenigen, die in der Lodge arbeiteten, oder solche, die mir bei meinen gelegentlichen Abstechern nach Fairbanks über den Weg gelaufen waren. Bei den Lodgemädchen handelte es sich zumeist um Collegestudentinnen, die den Sommer über dort jobbten und für meinen Geschmack noch reichlich unreif und albern waren, sodass ich ihnen keine Beachtung schenkte.

All das änderte sich, als Josie Avery in Ponder eintraf.

Sie war Mitte zwanzig und in der Lodge als Küchenchefin angestellt worden und würde die ganze Saison über, von Mai bis Ende Oktober also, bleiben. Von dem Moment an, als ich sie zum ersten Mal sah, wusste ich, dass sie anders war als die Girlies. Gleich zu Anfang fiel mir auf, dass ihr Handy nicht mit ihrer Hand verwachsen war, sondern dass sie ihre Hände benutzte, um ein Buch zu halten. Und als sie von ihrer Lektüre aufblickte und mich anlächelte, war es um mich geschehen. Ihre Augen strahlten, und ich schwöre, dass ich darin hätte versinken können.

Überhaupt sah sie wunderschön aus.

Das Sonnenlicht war gerade durch die Bäume gebrochen und hatte sich wie flüssiges Gold über sie ergossen und ihre langen schwarzen Haare mit winzigen funkelnden Sternen übersät. Ich weiß nicht, wie ich erklären soll, was bei diesem Anblick mit mir geschah. Erst kam es mir vor, als hätte mich ein Blitz getroffen, denn ich blieb wie erstarrt stehen, dann taumelte ich zurück, als hätte man mir einen heftigen Schlag versetzt.

Von da an war sie die Eine für mich, zumal ich

überdies feststellte, dass sie intelligent und praktisch veranlagt war, dass sie über viel Sinn für Humor verfügte und dass ich mich in ihrer Gesellschaft wohlfühlte wie noch mit keiner Frau vor ihr. Mit ihr konnte ich mich so ungezwungen unterhalten wie mit niemandem sonst, nicht einmal mit meiner Schwester.

Um ehrlich zu sein, spielte natürlich ihr Aussehen ebenfalls eine Rolle. Josie war bildhübsch, eine Schönheit mit wundervollen Augen und genau der richtigen Figur, nicht zu üppig, nicht zu mager, sodass ich mich nicht verstellen musste, wenn ich ihr Komplimente machte. Und als Krönung des Ganzen war sie gut in ihrem Job, das Essen in der Lodge war nie besser gewesen, hatte sozusagen einen Quantensprung gemacht. Ein guter Grund für mich, jetzt öfter dort vorbeizuschauen.

Deshalb begann ich Jack Corcoran zu begleiten, einen alten Kauz, der der Caribou Lodge Wild lieferte und sich dort fast jeden Abend zum Essen einfand. Auch den Besitzern der Lodge fiel meine plötzlich häufige Anwesenheit auf, und sie zogen ihre Schlüsse daraus. Mehr noch: Sie erlaubten Josie netterweise, abends früher Schluss zu machen, damit wir mehr Zeit miteinander verbringen konnten und ich ihr die Schönheit der Wildnis Alaskas zeigen konnte.

Mal machten wir dies, mal das.

Da es im Sommer fast vierundzwanzig Stunden lang hell blieb, hatten wir, wenn sie mit ihrer Arbeit fertig war, noch reichlich Gelegenheit, durch die endlose Tundra zu streifen. Wir gingen wandern und pflückten unterwegs Blaubeeren und Cranberrys, aus denen sie eine wundervolle Soße als Beilage zu Elchfleisch zauberte. Oder wir lagen unter dem Sternenhimmel und schauten zu, wie die Polarlichter grün über den Himmel tanzten. Josie hatte angesichts dieses Naturschauspiels nach Luft geschnappt, während ich viel zu sehr von ihr gefesselt gewesen war, um in die Sterne zu schauen. Schließlich war sie für mich der allerschönste Stern.

Wir hatten echt tolle Zeiten miteinander, Josie und ich. Als Ponder im Rahmen der Feiern zum vierten Juli seinen jährlichen Angelwettbewerb veranstaltete, fing Josie, die vorher noch nie geangelt hatte, den Siegerfisch. Anfängerglück, behauptete sie, ich hingegen war sehr stolz auf mein Mädchen.

Ich genoss ihre Gesellschaft immer mehr. So sehr, dass ich bald zu überlegen begann, wie schön es wäre, wenn sie sich in Ponder häuslich niederlassen würde. Mit mir natürlich, denn ich war fest davon überzeugt, dass wir bestens miteinander auskommen würden. Und eine Frau im Haus zu haben würde das Leben leichter machen, wenn im Winter die Temperaturen unter null sanken und man weniger nach draußen ging. Dann konnte sich ein Mann manchmal recht einsam fühlen. Immerhin näherte ich mich meinem dreißigsten Geburtstag. Da wurde es, wie Alicia wiederholt betonte, sowieso Zeit für mich, an Heirat und die Gründung einer Familie zu denken.

Jack mochte Josie ebenfalls. Er war ein knorriges Urgestein, das inzwischen zu einem Teil der Landschaft geworden war. Kerle wie ihn traf man in Alaska häufig an. Er sah aus wie die alten Goldsucher und versuchte hin und wieder noch mal sein Glück, aber bislang erfolglos. Dafür war er ein begehrter Jagdführer und ging mit Touristengruppen zwei oder drei Tage lang in der Wildnis zelten, um ihnen zu einem echten Alaskafeeling zu verhelfen.

Josie hatte das mit der Goldsuche gereizt und mich überredet, mit Jack mal loszuziehen. Ein ganzer Tag war für eine völlig sinnlose Suche draufgegangen. Egal. Zwar hatte ich keine Nuggets gefunden, dafür mit ihr meinen allergrößten Schatz.

Jerry Brewster, der zusammen mit seiner Frau Marianne die Lodge betrieb, hatte sich auf das Angeln auf dem See spezialisiert, einem Nebenarm des Copper River, wo einer der besten Lachse der Welt gefangen wurde. Während des Sommers war er dort ständig mit Sportanglern anzutreffen, die sein Fachwissen schätzten und bereit waren, eine stattliche Summe für das Privileg hinzublättern, mit ihm fischen zu gehen.

Die meisten Touristen kamen übrigens mit der Fähre, der einzigen Möglichkeit, nach Ponder zu gelangen, außer man leistete sich ein Wasserflugzeug. Bevor der See zufror, mussten alle, die den Winter nicht in der kleinen Siedlung verbringen wollten, mit der letzten Fähre abreisen. Danach stellte ein Kufenflugzeug, das bei Bedarf angemietet werden konnte, die einzige Verbindung zur Außenwelt dar. Mit allem, was man den langen Winter über brauchte, musste man sich rechtzeitig eindecken. Dennoch liebte ich das friedliche und ruhige Leben, das ich mir an dem idyllischen Caribou Lake aufgebaut hatte.

»Hast du irgendetwas von dem mitbekommen, was ich gesagt habe?«, unterbrach Alicia meine Gedanken.

»Äh …«

»Das habe ich mir gedacht. Falls du es vergessen hast: Josie reist morgen in aller Herrgottsfrühe ab.«

Als ob ich das vergessen könnte. Ich hatte in den letzten paar Tagen ein Dutzend Mal oder mehr den Versuch unternommen, sie auf eine Heirat anzusprechen, aber nie die passenden Worte herausgebracht. Jetzt hatte ich nur noch diesen Abend und stand gewaltig unter Druck, musste quasi in der letzten Minute handeln.

»Weiß ich«, erwiderte ich unwirsch und spürte, wie sich eine unangenehme Anspannung in mir aufbaute.

»Hast du etwa ernsthaft vor, sie gehen zu lassen?«, fing meine Schwester erneut an.

Sosehr ich Alicia einschließlich ihrer beiden Kids

liebte – ich brauchte sie nicht, um daran erinnert zu werden, dass die Uhr für Josie und mich ablief. Ich wusste selbst allzu gut, dass ich endlich etwas unternehmen musste, nachdem ich die Sache auf die lange Bank geschoben hatte. Wofür es jedoch einen triftigen Grund gab: Ich hatte eine Höllenangst, mir einen Korb einzuhandeln. Weil Josie ganz andere Pläne verfolgte.

Immerhin hatte sie in Seattle Familie und Freunde und zudem bereits einen Job, den sie nach ihrer Rückkehr antreten würde. Nein, mit dieser quirligen, attraktiven Metropole konnte Ponder wirklich nicht konkurrieren. Deshalb fürchtete ich, Josie würde mich auslachen, wenn ich sie fragte, ob sie bei mir in der Wildnis zu leben bereit sei.

Im Übrigen hatte ich nicht zu früh das Thema ansprechen wollen, weil im Fall einer Ablehnung, mit der ich ja rechnete, der Rest der Zeit für uns peinlich geworden wäre, denn in einem Nest wie Ponder war es so gut wie unmöglich, sich aus dem Weg zu gehen. Damals war mir das sinnvoll erschienen. Allerdings hatte ich mir nicht klargemacht, unter was für einen Druck ich mich damit setzte, wenn ich die Sache bis zur letzten Minute aufschob. Vermutlich hatte ich insgeheim gehofft, sie würde sich bis über beide Ohren in mich verlieben, sodass sie von sich aus gar nicht mehr wegwollte. Dann hätte ich mit meinem Antrag gewissermaßen offene Türen eingerannt.

»Du hast einer Frau eine Menge zu bieten, Palmer«, löcherte Alicia mich weiter. »Du weißt ja gar nicht, ob Josie nicht längst ungeduldig darauf wartet, dass du etwas sagst.«

»Ich wünschte, es wäre so.«

»Wer nicht wagt, der nicht gewinnt. Tu es einfach. Du liebst sie schließlich, oder? Wage den entscheidenden Schritt.«

Meine Schwester war eine echte Lachnummer. Wer sie hörte, konnte glauben, Josie und ich seien so richtig zur Sache gegangen. Dabei war das Äußerste, was wir getan hatten, Händchen zu halten und uns mit einer Intensität zu küssen, als stünde das Ende des Universums bevor. Immerhin hatten diese Küsse meine Welt aus den Angeln gehoben, so heiß waren sie gewesen. Glühend heiß. Und ich ging davon aus, dass sie dasselbe empfunden hatte, weil sie wie ich den Abenden entgegengefiebert hatte. Wenngleich ich ja kein Gedankenleser sein mochte, was Frauen betraf, war mir das Leuchten in Josies Augen, wenn wir zusammen waren, nicht entgangen.

Und was mich betraf: Während der letzten sechs Monate, in denen wir viele Stunden gemeinsam verbrachten, hatte ich begonnen, diese Frau so sehr zu lieben, dass ich mir das Leben ohne sie kaum mehr vorzustellen vermochte. Ich war sogar bereit gewesen, Opfer für sie zu bringen. Als Josie einmal behauptete, mein Bart würde an ihren Lippen kitzeln, hatte ich ihr angeboten, ihn für sie abzurasieren, was sie zu meiner Erleichterung ablehnte. Wie auch immer, ich hätte es getan. Jetzt konnte ich nur hoffen, dass sie meine Gefühle erwiderte.

»Wir gehen nach dem Abendessen spazieren, und dann werde ich sie fragen«, sagte ich und betete stumm, dass Alicia endlich Ruhe gab.

Dabei war ich keineswegs besonders zuversichtlich. Was nicht zuletzt daran lag, dass Josie in den letzten Wochen immerzu von ihrem Leben in Seattle geredet hatte und von dem Job, der dort auf sie wartete. Dadurch war bei mir der Eindruck entstanden, als könnte sie es kaum erwarten, Ponder den Rücken zu kehren. Diese Unterhaltungen waren für mich alles andere als ermutigend gewesen, und jedes Mal, wenn Josie Seattle erwähnte, hatte sich mein Magen zusammengezogen.

»Versprich mir, dass du mich anrufst, sobald du sie gefragt hast.«

»Vielleicht, mal sehen.«

Ich dachte gar nicht daran, Alicia so ein Versprechen zu geben. Alles hing davon ab, wie es mit Josie lief. Wenn sie mir eine Abfuhr erteilte, würde ich kaum in der Stimmung sein, mit irgendwem zu sprechen, erst recht nicht mit meiner penetranten Schwester.

Nach dem Gespräch mit ihr nahm ich mir die Zeit,

die ganze Geschichte noch einmal gründlich zu überdenken.

Ich arbeitete als Schwertschmied, fertigte also Schwerter und andere Waffen aus Metall an. Ein Handwerk, das ich seit meinem sechzehnten Lebensjahr ausübte. Seit ich meinen Highschoolabschluss in der Tasche hatte, den ich extern ablegen musste. Danach auf ein College zu gehen interessierte mich nicht. Es war nie meine Sache gewesen, ausschließlich mit dem Kopf zu arbeiten, ich wollte etwas unter meinen Händen entstehen sehen.

Wie etwa die Nachbildung eines Schwertes aus dem Bürgerkrieg, ein ebenso interessanter wie lukrativer Auftrag. Der Job brachte mir mehr Geld ein als jedes meiner anderen Projekte. Anders ausgedrückt: Ich hatte das Glück, von der Arbeit, die ich liebte, leben zu können. Inzwischen hatte ich mir gerade mit so speziellen Dingen einen guten Ruf erworben. Große Ansprüche stellte ich darüber hinaus nicht. Ich war zufrieden, meine Tage mit Hammer und Amboss an der Esse in meiner Werkstatt zu verbringen.

Aber würde ein solches Leben Josie genügen?

Da dieser Abend meine letzte Chance war, durfte ich keinen Fehler machen. Um auf Nummer sicher zu gehen, hielt ich es für das Beste, alles aufzuschreiben, was ich sagen wollte. Am Küchentisch sitzend, mit Hobo, meinem alaskischen Husky, zu meinen Füßen, begann ich eine Liste zu erstellen. Ich war halb damit fertig, als Jack bei mir reinschneite. Wie immer machte er sich nicht die Mühe anzuklopfen.

Er sah aus, als hätte er seinen besten Freund verloren.

»Bist du okay?«

»Nein.« Jack zog sich einen Stuhl heran und setzte sich mir gegenüber. »Die Lodge schließt.«

»Natürlich tut sie das, sie schließt jedes Jahr, das ist ja kaum etwas Neues.«

Sein von Wind und Wetter gegerbtes Gesicht verzog sich betrübt.

»Josie reist ebenfalls ab. Eine Schande, die beste Köchin, die wir je hatten. Sie hat das beste Elchstroganoff aller Zeiten gemacht.«

Ich nickte. Für mich bedeutete Josies Abreise allerdings weit mehr als den Verzicht auf ihre überragenden Kochkünste.

»Sie hat mir zum Abschied einen Blaubeerkuchen gebacken – aus den restlichen Beeren, die sie eingefroren hatte. Erst als ich den ganzen Kuchen bereits aufgegessen hatte, ist mir aufgegangen, dass es lange Zeit keinen Nachschub mehr geben wird.«

Missmutig starrte ich ihn an. Immerhin war ich es gewesen, der die Blaubeeren mit Josie gepflückt hatte. Und er hatte den letzten Kuchen vertilgt, ohne mir ein kleines Stück davon abzugeben.

»Du wirst sie auch vermissen, stimmt's?«, fragte mich Jack.

»Ja, ich denke, das werde ich«, räumte ich ein, mehr mochte ich nicht preisgeben, solange alles noch in der Schwebe war.

Jack runzelte die Stirn und schien krampfhaft über eine Lösung seines Problems nachzudenken.

»Mir ist gerade was eingefallen: Wie wäre es, wenn du Josie heiraten würdest? Dann müsste sie für immer hierbleiben und könnte für uns kochen.«

»Für uns?«

Sosehr ich Jack als Freund mochte, die Vorstellung, er könnte zu den Mahlzeiten einfach so vorbeikommen und in meiner Küche sitzen, wann immer er in der Stimmung dazu war, missfiel mir ausnehmend. Okay, so war Jack nun einmal. Gute Umgangsformen waren ein Fremdwort für ihn. Und deshalb würde er sich leider nichts dabei denken, tagtäglich zu den Essenszeiten vor der Tür zu stehen, darauf würde ich mein letztes Hemd verwetten.

»Nun ja«, konterte er. »Es käme mir nur richtig vor, wenn du mich einladen würdest.«

Ich schnaubte vernehmlich. »Kommt überhaupt nicht infrage.«

Meine Zurückweisung schien ihn zu kränken.

»Habe ich neulich dieses Elchfleisch mit dir geteilt oder nicht?«

»Ein einziger Braten ist kein Ausgleich für lebenslange Gratismahlzeiten.«

»Und mein Weizensauerteig, den ihr alle für eure

Brote nehmt? Das Rezept dafür ist über hundertfünfzig Jahre alt, wenn ich dich daran erinnern darf, und ich habe es euch verraten«, schob er nach.

»Stimmt.«

Ich war bereit zuzugeben, dass ich den Teig sehr schätzte und ihn regelmäßig verwendete. Dank Jack aß ich fast jeden Morgen Sauerteigpfannkuchen.

»Dann beweise ein bisschen Dankbarkeit, Sohn.«

Es war vielleicht unhöflich, die Augen zu verdrehen, doch ich kam nicht dagegen an.

»Lass es sein, mit mir zu streiten, Jack. Aller Wahrscheinlichkeit nach reist Josie morgen früh zusammen mit dem Rest des Lodgepersonals ab.«

Ich hasste es, pessimistisch zu sein, aber so langsam wie meine Liste wuchs, gelangte ich mehr und mehr zu der Erkenntnis, dass ich wahrhaftig so gut wie nichts anzubieten hatte, womit ich sie zum Bleiben überreden konnte. Welch ein Schwachsinn, sich je einzubilden, mit Ponder ließe sich die Option eines Jobs in Seattle ausstechen!

Jack hingegen schüttelte den Kopf, setzte sich kerzengerade hin und schien bereit, die Probleme dieser Welt mit einem einzigen Geniestreich zu lösen.

»Palmer, ich habe es ernst gemeint. Du solltest sie bitten, dich zu heiraten.«

Ich schwieg, dachte nicht im Entferntesten daran, Jack auf die Nase zu binden, dass ich genau das heute Abend vorhatte.

»Soll ich sie vielleicht für dich fragen?«, bot Jack sich eifrig an und meinte es sichtlich ernst, denn sein Gesicht glühte vor Begeisterung. »Ich würde sie ja selbst gerne nehmen, doch schließlich bist du derjenige, mit dem sie meistens die Abende verbracht hat. Versteh mich nicht falsch. Wenn ich du wäre, würde ich sie ganz schnell heiraten.«

»Äh …«

»Keine Sorge, ich frage sie für dich.«

»Was?«, versetzte ich. »Hör zu, du alter Gauner, wenn hier jemand fragt, dann ich. Ich brauche weder dich noch sonst jemanden, der das für mich übernimmt.«

Mit einem Mal wirkte Jack verloren und niedergeschlagen. Er ließ die Schultern hängen und lehnte sich auf seinem Stuhl zurück.

»Wahrscheinlich würde ich es ohnehin vermasseln. Hab schon mal eine Frau gebeten, mich zu heiraten, und es ist nicht so ausgegangen, wie ich gehofft hatte.«

Sein Geständnis weckte mein Interesse. Vielleicht würde mir Jacks missglückter Heiratsantrag ja zumindest ein paar Hinweise liefern, was ich unter keinen Umständen tun und sagen durfte.

»Erzähl mal.«

»Yup, wenn du es wirklich hören willst. Ich war so nervös wie ein Biber in der Tundra, als ich meinen Antrag vorbrachte. Aber sie hörte gar nicht hin, schien überhaupt nicht interessiert zu sein. Ich muss etwas gesagt haben, das sie mir übel genommen hat.«

»Was genau ist passiert?«

Jack wirkte verlegen, schüttelte den Kopf, als wollte er sich von der Erinnerung befreien, und rieb sich über seinen Bart.

»Fällt dir vielleicht schwer, das zu glauben, doch ich war früher ein gut aussehender Bursche. Damals war ich um die dreißig, also in deinem Alter, und dachte mir, wenn ich eine Familie gründen will, sollte ich besser so schnell wie möglich loslegen.«

Genau dieselben Gedanken hegte ich derzeit, was ich Jack gegenüber allerdings nicht zu erwähnen gedachte. Weil dann der ganze Ort Bescheid wüsste.

»Hat sie dir einen Grund genannt, warum sie deinen Antrag nicht angenommen hat?«

»Im Grunde genommen hat sie danach überhaupt nicht mehr viel gesagt«, sagte er, und ein nachdenklicher, kummervoller Ausdruck trat auf sein Gesicht.

»Tut mir leid.«

»Dabei hat es mich nicht mal gestört, dass sie keine Erfahrung mit dem Zubereiten von Wild hatte. Vielmehr war ich bereit, über viele ihrer Fehler hinwegzusehen, was ich ihr sogar gesagt habe. Ich dachte, sie würde meine Großzügigkeit zu schätzen wissen.«

Unwillkürlich musste ich lachen. »Offenbar hat es nicht funktioniert.«

Erneut strich er sich über seinen Bart. »Sie war

beleidigt. Hab nie wirklich verstanden, wieso. Es war ja nicht so, als würden die Männer ihr die Tür einrennen. Ich dachte, sie müsste glücklich sein, dass ich sie heiraten wollte.«

»War sie wenigstens eine gute Köchin?«

»Leidlich. Dass ich mich manchmal kritisch geäußert habe, scheint ihr ziemlich sauer aufgestoßen zu sein. Frauen sind in dieser Hinsicht komisch. Wahrscheinlich hätte ich ihre Kochkünste über den grünen Klee loben sollen, selbst wenn es eine Lüge gewesen wäre.«

»Hast du ihr andere Komplimente gemacht, ihr gesagt, dass du sie hübsch findest?«

»Nee, dann hätte ich ja lügen müssen. Ehrlich gesagt, war sie nicht unbedingt eine Augenweide. Was mir aber nichts ausgemacht hat.«

Ich unterdrückte ein Grinsen. »Das hast du ihr hoffentlich nicht gesagt, oder?«

»O nein. So dumm bin ich nun wieder nicht. Frauen müssen glauben, dass sie das Licht im Leben eines Mannes sind.«

»Was hast du sonst noch gesagt?«, erkundigte ich mich, zum Glück konnte Jack ja nicht ahnen, dass ich mir im Geist Notizen machte.

Er tippte mit dem Finger gegen seine Lippen. »Das ist jetzt zwanzig Jahre her, an die genauen Worte erinnere ich mich nicht mehr. Große Erwartungen hatte ich nie, ich wusste ja, dass es hier in der Wildnis schwer ist, eine passende Frau zu finden. Ich erinnere mich nur noch, dass ich ihr gesagt habe, sie sei das Beste, was ich hier bekommen konnte.«

O Gott, ich durfte mir nicht vorstellen, wie die arme Frau diese Bemerkung aufgenommen hatte.

Jack schien seinen Fauxpas nach wie vor nicht anzufechten.

»Ehrlich gesagt weiß ich immer noch nicht, warum sie meinen Antrag nicht angenommen hat.«

»Was hat sie denn überhaupt gesagt?«

»Ein dickes fettes Nein war alles, was ich mir eingehandelt habe«, schnaubte Jack. »Wahrscheinlich habe ich sie falsch eingeschätzt. Ich hätte schwören können, dass sie ein Auge auf mich geworfen hatte.«

»Hast du irgendwann einer anderen Frau einen Antrag gemacht?«

»Nein. Einmal hat mir gereicht. Ein Mann kann bloß ein gewisses Maß an Zurückweisung ertragen, und ich hatte mein Fett weg.«

Ich vermochte gut nachzuempfinden, dass Jack keinen zweiten Versuch unternommen hatte. Offen gestanden wäre es für mich im Moment ebenfalls undenkbar, eine andere Frau als Josie heiraten zu wollen. Und wenn sie meinen Antrag nicht annahm, fürchtete ich, dass ich genau wie Jack jahrelang zurückschauen und darüber nachgrübeln würde, was ich falsch gemacht hatte.

Bekümmert stieß Jack den Atem aus. »Letztendlich

war es vermutlich das Beste, dass Sally mich nicht genommen hat. Weiß nicht, ob ich der Typ zum Heiraten bin. Du und ich, wir sind uns sehr ähnlich, weißt du.«

Das war keine ermutigende Feststellung.

Mein Blick wanderte zu der Liste vor mir, und mein Herz wurde schwer. Ich hatte das unbestimmte Gefühl, dass es eines Wunders biblischen Ausmaßes bedurfte, damit Josie mich erhörte.

2. Kapitel

Josie

Die Caribou Lake Lodge schloss über den Winter, und nach sechs Monaten in Ponder tat es mir leid, den Ort verlassen zu müssen. So lange war ich nie zuvor von Seattle fort gewesen, der Stadt, in der ich geboren worden und aufgewachsen war. Anfangs war mir die Trennung nicht leichtgefallen, zumal ich bis dahin immer mit meiner Mutter zusammengewohnt hatte, aber irgendwann merkte ich, dass das Alleinleben mich wertvolle Lektionen gelehrt hatte, wichtige Dinge über mich selbst, die mir hoffentlich zunutze kommen würden, wenn ich meinen ersten richtigen Job antrat.

Künftig würde ich als Souschef Hand in Hand mit einem berühmten Koch arbeiten und von ihm in die Geheimnisse der Spitzengastronomie eingeführt werden. Es war die Chance meines Lebens und der Traum schlechthin, dass Douglas Anton, ein renommierter und weit über die Grenzen Seattles hinaus bekannter

Starkoch, mich für sein neues Restaurant eingestellt hatte. Einen solchen Karriereschub erlebte man nicht alle Tage.

Ich war von der Kochschule, die ich gerade absolviert hatte, empfohlen worden. Dieser Vertrauensbeweis war mehr, als ich mir je erhofft hatte. Der einzige Haken bei der Sache war gewesen, dass ich nach dem Ende meiner Ausbildung sechs Monate warten musste, weil das neue Restaurant noch nicht fertig war. Aus diesem Grund, um die Zeit sinnvoll zu überbrücken, hatte es mich nach Alaska verschlagen. Außerdem liebte ich es, mir auf lokalen Zutaten basierende Rezepte auszudenken oder bestehende zu verfeinern.

Jetzt war es Ende Oktober und Zeit, nach Hause zurückzukehren und in meinem Job zu starten. Am nächsten Morgen würde ich mit den Brewsters und dem noch verbliebenen Personal auf der letzten Fähre die Fahrt über den See in die Halbzivilisation antreten, um dann in ein kleines Flugzeug nach Fairbanks umzusteigen und von dort nach Seattle weiterzureisen.

Ich war überrascht, wie gut ich mich an Alaska und den Mangel an Annehmlichkeiten gewöhnt hatte, wenn man berücksichtigte, dass ich in einer Stadt aufgewachsen war, wo sich nahezu alles in erreichbarer Nähe befand. In Ponder hingegen gab es weder ein Einkaufszentrum noch einen Starbucks und erst recht keine schicken Läden. Zum Glück hatte man seit ein paar Jahren Zugang zum Internet, wodurch sich die Einwohner nicht mehr völlig von der Welt abgeschnitten fühlten.

Davon abgesehen, fand ich Alaska wunderschön. Zu den Dingen, die ich am meisten liebte, gehörte es, die Adler zu beobachten, die im See nach Fischen tauchten, und Jerry Brewsters zahllosen schnurrigen Geschichten zu lauschen. Einmal hatte er einen Lachs am Haken gehabt und wollte ihn gerade ins Boot ziehen, als ein Adler herabstieß, den Fisch packte und damit davonflog. Da der Fisch noch immer an der Angel hing, versuchte Jerry ihn einzuholen und kämpfte mit dem Adler um den Lachs. Angeblich gewann er den Kampf sogar, was ihm jedoch nicht alle glaubten.

Erstaunlicherweise gewöhnte ich mich schnell daran, in einer so kleinen Gemeinde zu leben, obwohl der Kontrast zu Seattle oder irgendeiner anderen Großstadt nicht größer hätte sein können. Am besten gefiel es mir, wie die Leute hier selbst den geringsten Anlass nutzten, ein Fest zu veranstalten. Manchmal dachten sie sich auch einfach etwas aus. Da war etwa das Midnight Sun Festival, das ein mitternächtliches Baseballspiel einschloss, was möglich war, weil im nördlichen Sommer um Mitternacht die Sonne noch hell schien. Ferner gab es ein Fest anlässlich des vierten Juli und einen Chilikochwettbewerb.

Je länger ich in Ponder lebte, desto mehr Naturschönheiten entdeckte ich jeden Tag. Ich konnte stundenlang den Nachthimmel betrachten. In der Stadt hatte ich die Sterne nie so gesehen wie in Alaska. Fast ehrfürchtig stellte ich fest, welch unglaubliche Fülle an dem vollkommen schwarzen Himmel glitzerte und verstreutem Diamantenstaub glich.

Natürlich war ich in den schönsten Monaten, vom Frühling bis zum Frühherbst, hier gewesen, wenn die Natur alle Register zog und sich in verschwenderischer Vielfalt präsentierte. Ich hatte Elche und Karibus beobachtet und einmal sogar einen Bären zwischen den Häusern herumstreifen sehen, als wäre gerade sein Einkaufstag. Momente wie dieser ließen mich jegliches Bedauern darüber vergessen, fast sechs Monate lang kein Kino oder kein Nagelstudio zur Verfügung zu haben. Mehr noch, ich war in Ponder geradezu aufgeblüht. Was ich bei meiner Ankunft nie für möglich gehalten hätte, denn anfangs war mir allein das aufgefallen, was Ponder nicht hatte. Erst nach ein paar Wochen stellte ich fest, dass der winzige Ort und seine Umgebung eine ganze Menge bieten konnten.

Und dann war da noch Palmer Saxon.

Bei dem Gedanken, mich von ihm und seinem ständigen Begleiter, einem großen Husky namens Hobo, verabschieden zu müssen, wurde mir das Herz schwer, und ich vermochte mir nicht vorzustellen, von hier fortzugehen, ohne im Geist und im Herzen immer wieder zu Palmer zurückzukehren. Es würde schwer werden, mich von ihm zu trennen.

Palmer war für mich der Inbegriff dessen, was man sich unter einem Mann aus Alaska vorstellte.

Unabhängig.

Auf niemanden angewiesen.

Eigensinnig.

Robust.

Und der bloße Gedanke, Palmer außerhalb dieser Welt in Anzug und Krawatte zu erleben, reichte aus, um mir ein Kichern zu entlocken. Zu ihm gehörten karierte Flanellhemden, abgewetzte Bluejeans und Stiefel. Während meiner Zeit in der Lodge hatten wir uns angefreundet, sehr eng sogar. Er war so anders als jeder andere Mann, der mir je begegnet war, und das reizte mich. Wir hatten nie ein typisches Date wie Dinner oder Kino, wie auch, wir waren einfach so zusammengekommen, und inzwischen hatte ich das Gefühl, ihn besser zu kennen als jeden meiner Freunde zu Hause. Seit meiner Ankunft hatten wir praktisch jeden Tag miteinander verbracht. Von daher würde es mir nicht leichtfallen, abzureisen und ihn vielleicht nie mehr wiederzusehen. Ein Gedanke, der auf meiner Seele lastete. Aber es half nichts, schließlich gab es keine Zukunft für uns, mahnte ich mich ständig. Zwar hatte ich begonnen, Alaska zu lieben, doch nicht so, dass ich hier den Rest meines Lebens verbringen wollte. Und Palmer würde sich unglücklich fühlen, wenn man ihn in eine Großstadt verfrachtete. Allein der Verkehr und der ganze Lärm würden ihn in den Wahnsinn treiben.

So hart es war und so weh es mir tat, musste ich der Tatsache ins Auge sehen, dass ich wahrscheinlich nie mehr nach Ponder zurückkehren würde. Besser also, wir ließen die Beziehung sterben, bevor einer von uns es bereute. Einerseits stimmte mein Entschluss mich traurig, weil ich Palmer furchtbar vermissen würde, andererseits verfügte ich über genug klaren Menschenverstand, um mich damit abzufinden.

Außer Palmer würde ich Jack vermissen. Er war ein Original, ein netter Mann, freundlich und gutmütig. Und witzig, obwohl ihm das vermutlich selbst nicht klar war. Im Laufe der Monate war er für mich zu einer Art Vaterfigur geworden.

Mein Dad war nämlich bei einem Arbeitsunfall auf einer Baustelle gestorben, als ich erst drei Jahre alt war, sodass ich keine Erinnerung an ihn hatte. Und da meine Mutter nie wieder eine ernste Beziehung eingegangen war, wuchs ich in einem Zwei-Personen-Frauenhaushalt auf.

Genau wie Palmer entsprach Jack dem Typ des Naturburschen, sah allerdings weniger gepflegt aus. Während meiner gesamten Zeit in Ponder hatte er stets dasselbe Hemd und dieselbe Hose getragen, was mir sehr zu denken gab. Hatte er sich dieses Outfit gleich mehrfach zugelegt, oder wechselte er seine

Sachen so gut wie nie, fragte ich mich. Jedenfalls legte er keinen sonderlichen Wert auf sein Äußeres.

Das Einzige, was Jack ständig im Kopf herumging, war Essen. Er überschüttete mich mit Komplimenten bezüglich meiner Kochkünste. Ich schwöre, dass ich ihm Makkaroni und Käse aus der Dose auftischen könnte und er würde dennoch behaupten, nie etwas Besseres gegessen zu haben. Seinen Worten nach kochte ich wie eine Göttin, und unablässig wiederholte er, nie zuvor so ein gutes Essen bekommen zu haben. Und wenn er nicht gerade eine Jägergruppe durch die Wildnis führte oder nach Gold schürfte, ließ er sich jede Ausrede unter der Sonne einfallen, um bei mir in der Küche herumzulungern.

Noch ein Abend, und all das würde Vergangenheit sein. Meine Koffer waren gepackt, und ich war zur Abreise bereit. Gegen sechs Uhr morgen früh würde die Fähre anlegen, und wir hatten Anweisung, unser Gepäck am Abend vorher in die Lobby zu stellen.

Jerrys Boot, mit dem er den Sommer über zum Angeln auf den See hinausgefahren war, lagerte bereits in einem Schuppen. Innerhalb einer Woche, höchstens zwei, würde der See zufrieren. Die Touristen waren ausnahmslos weg, die meisten Sommerresidenten, die hier eine Blockhütte besaßen, desgleichen, sodass der Ort zu einer Geisterstadt geworden war. Die wenigen Alteingesessenen waren wieder unter sich.

Als es an meiner Tür klopfte, wusste ich, dass es Palmer war. Er kam, um sich zu verabschieden. Unserer üblichen Gewohnheit folgend, wartete er, bis ich die Küche gesäubert und aufgeräumt hatte und in mein Zimmer gegangen war.

»Hey.« Ich lächelte ihn an, gab mir dabei alle Mühe, mir nicht anmerken zu lassen, was in mir vorging. Ob es mir gelang, keine Ahnung. Eher nicht, denn bei seinem Anblick wurde mir einmal mehr klar, dass dieser Abschied mir verdammt schwerfallen würde. Immerhin hatten wir das letzte halbe Jahr praktisch jeden Abend miteinander verbracht. Weder hatte ich je zuvor eine solche Beziehung gehabt, noch hatte ich mich einem Mann emotional je so nahe gefühlt. Ich begann sogar zu fürchten, dass ich in Zukunft jeden Mann mit Palmer vergleichen und dass jeder bei diesem Vergleich verblassen würde.

»Hast du Lust zu einem Spaziergang?«, fragte er.

Es war dieselbe Frage, die er mir jeden Abend gestellt hatte.

»Klar.« Ich blickte mich um. »Wo ist Hobo?«

»Ich habe ihn zu Hause gelassen.«

Das war nicht typisch für ihn. Hobo war Palmers Schatten, er begleitete uns so gut wie immer. Ich griff nach meiner Jacke, als wir die Lodge verließen. Die Abende waren mittlerweile spürbar kälter geworden. Gestern hatte es sogar ein wenig geschneit, und weitere Schneefälle waren vorhergesagt. Das war in diesem Teil von Alaska das typische Wetter, genauso typisch, wie es der verregnete Herbst für Seattle war.

Nachdem ich mich ausreichend warm verpackt hatte, einschließlich Stiefeln und Wollsocken, traten wir ins Freie, um diesen letzten Abend gemeinsam zu verbringen. Als ich ausatmete, bildeten sich weiße Wölkchen vor meinem Mund.

»Es wird offenbar mit jedem Tag kälter«, sagte ich und spähte zum Himmel hoch, ob sich zum Abschied Polarlichter zeigen würden. Die Aurora borealis war etwas Faszinierendes, ein Naturschauspiel ohnegleichen. Wenn sie sich zeigte, schossen blitzende violette und grüne Streifen über den Nachthimmel, und die Schönheit dieses Anblicks verschlug mir jedes Mal den Atem.

Zu meinen Lieblingserinnerungen an meine Zeit in Alaska gehörte jene, wie ich Hand in Hand mit Palmer rücklings auf dem Boden gelegen und zum Himmel hochgeblickt hatte, um dieses Himmelskino zu bewundern. In diesem Moment hatte ich mich ihm unglaublich verbunden gefühlt.

»Ja, man spürt, dass der Winter kommt«, erwiderte Palmer und vergrub die Hände tief in seinen Manteltaschen. »Der *Farmer's Almanac* sagt sogar einen der kältesten Winter seit Beginn der Wetteraufzeichnungen voraus.«

Wegen des unebenen Weges hakte ich mich bei ihm ein. Schön, es war vielleicht ein Vorwand. Ich mochte Palmers Nähe, und dass es unser letzter gemeinsamer Abend war, machte alles noch bittersüßer.

Während wir unseren üblichen Weg entlanggingen, war er unnatürlich still.

»Josie?«

»Ja?«

Er gab meinen Arm frei, griff in seine Jeanstasche und zog einen Zettel heraus. Dann drehte er sich um, hielt ihn ins Mondlicht und begann vorzulesen, was dort geschrieben stand.

»Du bist schön«, las er laut. »Ich möchte, dass du weißt, dass ich nichts als Schönheit sehe, wenn ich dich anschaue.«

Verwirrt starrte ich ihn an und fragte mich, was das sollte.

Scheinbar ohne meine Irritation zu bemerken, blickte er ein zweites Mal auf seine Liste.

»Mir gefällt es auch, dass deine Zähne so weiß und gleichmäßig sind.«

Zähne? Ihm gefielen meine Zähne?

»Äh … danke. Ich habe fast zwei Jahre lang eine Zahnspange getragen. Meine Mutter hat für die halbe Stadt Kuchen gebacken und verkauft, um die teuren Zahnbehandlungen bezahlen zu können. Schön, wenn es sich gelohnt hat.«

»Ich mag ebenfalls deine blauen Augen.«

Grinsend blickte ich zu Boden. »Sie sind braun, Palmer.«

»Tatsächlich? Ich hätte schwören können, dass sie blau sind.«

»Nein, sie sind seit jeher braun gewesen.«

Er rang so vernehmlich nach Luft, dass ich fürchtete, er könnte in Ohnmacht fallen.

»Alles in Ordnung, Palmer?«, erkundigte ich mich besorgt, weil er sich so merkwürdig benahm.

Mit einer Hand stützte er sich daraufhin an einem Baumstamm ab und ließ den Kopf hängen.

Langsam fing ich an, mir ganz ernstlich Sorgen zu machen.

»Ist wirklich alles okay mit dir?«, wiederholte ich und runzelte die Stirn.

Gerade als ich ihm vorschlagen wollte, zur Lodge zurückzugehen, rang er sich zu einer Antwort durch.

»Ja, mir geht es ausgezeichnet«, fuhr er mich an und entschuldigte sich prompt. »Tut mir leid. Ich wollte dich nicht anschnauzen.«

»Schon gut. Ich fände es bloß furchtbar, wenn wir uns an meinem letzten Abend streiten würden. So was kommt leider vor, weißt du?«

»Was kommt vor?«, fragte er und stieß sich unvermittelt vom Baum ab und trabte wieder los.

»Ich habe eine Freundin«, erklärte ich in der Hoffnung, die zwischen uns aufgekommene Verlegenheit zu überspielen. »Sie heißt Jessie, vielleicht habe ich sie dir gegenüber irgendwann mal erwähnt.«

»Was ist mit Jessie?«

»Ihr Mann ist bei der Navy und auf einem Flugzeugträger stationiert. Manchmal bleibt er bis zu acht Monaten weg. Sie erzählte mir, dass sie immer einen Riesenkrach haben, bevor sein Schiff aus dem Hafen ausläuft. Ich weiß, es klingt verrückt, doch sie behauptet, das mache es ihm leichter, sich für längere Zeit von ihr zu trennen, und andersherum verhalte es sich genauso. Komisch, oder? Zwar versöhnen sie sich immer wieder, aber sie schaffen es nicht, dieses sonderbare Verhaltensmuster abzustellen.«

»Wirklich?«

Es klang, als hätte Palmer nicht die geringste Ahnung, warum ich Jessie erwähnt hatte.

»Weißt du, ich dachte, vielleicht sollten wir uns ruhig streiten, damit es uns leichter fällt, uns morgen zu trennen.«

Palmer schien mir gar nicht zuzuhören. Statt zu antworten, zog er wieder diesen Zettel aus der Tasche.

»Ich habe noch nie jemanden getroffen, der so gut kochen kann wie du und es trotzdem schafft, seine Figur zu behalten«, las er vor.

Sollte das mit dem Zettel ein Witz sein?

Mühsam verkniff ich mir ein Lachen, weil er den Eindruck machte, es vollkommen ernst zu meinen. Nach wie vor war es mir ein Rätsel, was in ihn gefahren sein mochte.

»Tja, danke, Palmer, nur kennst du das Sprichwort, dass man einem dürren Koch nicht trauen soll?«

»Ich vertraue dir, Josie«, versicherte er treuherzig. »Und ich will nicht, dass du denkst, ich würde das nicht tun.«

»Keine Sorge, ich weiß, dass du mir vertraust. Das war lediglich ein Witz, den die Leute reißen, Palmer.«

»Und deine Haare riechen gut, wie Vanille und Erdbeeren.«

»Das liegt an dem Shampoo, das ich benutze«, sagte ich automatisch und musterte ihn erneut besorgt. »Bist du sicher, dass alles in Ordnung ist, Palmer? Du benimmst dich so eigenartig.«

»Mir geht es gut. Einem Mann ist es eben wichtig, ob eine Frau gut riecht oder nicht.«

»Das glaube ich gern. Einer Frau ist es schließlich nicht weniger wichtig, ob ein Mann gut riecht oder nicht«, erinnerte ich ihn.

»Ich bade regelmäßig«, erklärte er mir so hastig, als hätte ich soeben Zweifel daran geäußert, dass er genug auf Körperpflege achtete.

»Ja, ich bin sicher, dass du das tust.«

»Allerdings benutze ich keines dieser neumodischen Duftwässerchen. Das stört dich hoffentlich nicht, oder?«

»Nicht im Geringsten.«

In all den Monaten in Ponder war dies das seltsamste Gespräch, das ich je mit Palmer geführt hatte. Ich blickte in seine vom Mondlicht beschienenen Züge und bemerkte, wie blass er war.

»Palmer, du bist krank. Du siehst aus, als müsstest du dich jeden Moment übergeben.«

Er lehnte sich mit dem Rücken gegen den Baum und schloss die Augen. »Ich glaube, das könnte wirklich gleich passieren.«

Schnell trat ich zu ihm und legte ihm eine Hand auf die Schulter. »Beug dich vor und atme tief durch.«

Als er geräuschvoll Sauerstoff in seine Lunge sog, hoben und senkten sich seine Schultern vor Anstrengung.

»Komm, ich begleite dich nach Hause zurück. Möchtest du einen Schluck Wasser?«

»Was ich möchte«, grollte er, »ist etwas ganz anderes: das hier endlich hinter mich zu bringen.«

Was er sagte, ergab für mich keinen Sinn. Ich schlang einen Arm um seine Taille, führte ihn den Weg zurück, den wir gekommen waren, und schlug den Pfad zu seinem Blockhaus ein, in dem er lebte und arbeitete.

Plötzlich blieb er abrupt stehen, drehte sich zu mir, um mich ansehen zu können, und legte mir die Hände auf die Schultern. Sein Griff war eisern.

»Ich will nicht, dass du gehst«, stieß er hervor, während seine Augen sich beschwörend in meine bohrten.

»Keine Angst, ich bleibe noch eine Weile bei dir, bis du dich besser fühlst«, versprach ich ihm.

»Das meine ich nicht, Josie«, rief er verzweifelt aus. »Ich will nicht, dass du Ponder verlässt.«

Das war absoluter Unsinn.

»Ich soll Ponder nicht verlassen? Wie denkst du dir das, wenn die Lodge über den Winter geschlossen bleibt?«

»Du könntest ja trotzdem bleiben.«

»Nein, kann ich nicht.«

Was er da vorschlug, entbehrte jeglicher Logik. Und ich hatte nicht die geringste Ahnung, was er sich dabei dachte. Schließlich wusste er, dass in Seattle ein toller Job auf mich wartete, wir hatten oft genug darüber gesprochen.

»Dir gefällt es in Alaska, oder?«

»Am Anfang weniger, da war es eine Herausforderung«, räumte ich ein. »Jetzt hingegen … ja, es gefällt mir hier. Diese letzten sechs Monate waren eine wundervolle Erfahrung für mich. Eine, die ich wie einen Schatz hüten und niemals vergessen werde.«

Palmer entspannte sich sichtlich. »Dann hättest du nichts dagegen hierzubleiben? Die Winter können ziemlich streng sein, doch nach ein paar Jahren gewöhnst du dich an die Minusgrade und kommst mit der Kälte klar. Davon abgesehen, ist es in den Wintermonaten hier so schön wie nirgendwo sonst auf der Welt.«

»Das glaube ich dir aufs Wort.«

»Dann bleibst du also?«, vergewisserte er sich hoffnungsvoll und wirkte mit einem Mal total euphorisch.

»Palmer. Die Lodge schließt. Was soll ich denn hier

mit meiner Zeit anfangen? Außerdem brauche ich einen Job, um meinen Lebensunterhalt zu verdienen. Und den habe ich in Seattle bereits fest in der Tasche. Mal ganz davon abgesehen, dass ich meine Mutter dort zurücklassen müsste, meine Freunde, mein ganzes bisheriges Leben. Das weißt du alles, und deshalb begreife ich nicht, was du willst. Genau genommen, ergibt dieses ganze Gespräch überhaupt keinen Sinn.«

Palmer schloss kurz die Augen, dann sah er mich so ernst an, wie ich es noch nie bei ihm erlebt hatte.

»Du könntest für Jack und mich kochen. Ich habe lange darüber nachgedacht, und ich finde, das ist genau das, was du tun solltest. Ich weiß, wie wichtig dieser Job dir ist, Josie, und dass es ein großes Opfer für dich wäre, hier am See zu bleiben …« Nach einer Weile seufzte er. »Ich würde ja erwägen, nach Seattle zu ziehen, aber mit dem Leben in einer Großstadt käme ich nie klar.«

»Du würdest nach Seattle ziehen, damit ich für dich kochen kann?«, fragte ich ihn entgeistert.

Die ganze Geschichte wurde immer lächerlicher. Dass er eventuell bereit wäre, sein ganzes Leben auf den Kopf zu stellen, um von meinen Kochkünsten zu profitieren, war geradezu absurd.

Ein entschlossener Ausdruck trat auf sein Gesicht. »Ja, natürlich. Ein Mann muss schließlich bei seiner Frau sein.«

»Seiner *Frau*?«, entfuhr es mir. Offenbar hatte ich

an irgendeinem Punkt nicht mehr darauf geachtet, in welche Richtung dieses Gespräch zu laufen drohte. »Du bittest mich, dich zu heiraten?«

Sein Blick wurde warm und sanft, und erleichtert nickte er.

Ich legte eine Hand auf mein Herz, als mir klar wurde, was Palmer mir zu sagen versucht hatte und warum er mit all diesen dummen Komplimenten angefangen hatte.

»Also, Josie?«, fragte er mit unüberhörbarer Vorfreude. »Willst du?«

»Du möchtest mich *heiraten*?«, wiederholte ich, um sicherzugehen, dass ich ihn wirklich richtig verstanden hatte.

»Ja, das möchte ich«, bestätigte er. »Wahrscheinlich habe ich alles vermasselt. Entschuldige, Josie. Ich bin ein hoffnungsloser Volltrottel und hätte nie auf Jack hören dürfen. Er hat mir eingeredet, dass ich dich umstimmen könnte, wenn ich dir sage, wie schön du bist und so was. Doch ganz im Ernst: Ich war noch nie verliebt, habe noch nie so viel Zeit mit einer Frau verbracht wie mit dir. Mit dir zusammen zu sein macht mich glücklich. Und deshalb wünsche ich mir mehr als alles andere, dich zu heiraten. Also lass mich nicht länger zappeln und sag mir, dass du meine Frau werden möchtest und hier in Ponder mit mir leben wirst.«

»Ach Palmer.« Einen Moment lang glaubte ich in Tränen auszubrechen, und es kostete mich einige Zeit, meine Fassung zurückzugewinnen. Dann umfasste ich sein Gesicht und tat mein Bestes, ihm die Lage zu erklären. »Palmer, sosehr ich mich über alles freue, was du gesagt hast«, erklärte ich mit zittriger, kippender Stimme, »aber ich kann nicht. Ich kann einfach nicht, es tut mir leid.«

Niedergeschlagen senkte er den Kopf und stieß langsam den Atem aus.

»Ich hatte befürchtet, dass du das sagen würdest.«

»Mein Leben spielt sich in Seattle ab, weißt du.«

Er nickte, tat so, als würde es ihn nicht wundern, dass ich ihn hatte abblitzen lassen.

»Es hat immer nur Mom und mich gegeben, und ich kann sie nicht alleine lassen, Palmer. Ich bin alles, was sie hat.«

Wir standen uns immer sehr nah, seit jeher. Während meine Freundinnen schlimme Zeiten mit ihren Eltern erlebten, hat es so etwas bei uns beiden nie gegeben. Meine Mutter war alles für mich. Und wenn wir mal getrennt waren, telefonierten wir praktisch jeden Tag miteinander. Auch in diesem Sommer, denn von ihr getrennt zu sein war das Schwerste an dem Leben in Alaska gewesen.

»Habe ich dir gar nichts zu bieten, was dich reizen könnte, deine Meinung zu ändern?«, insistierte er.

Da ich kaum meine Tränen zurückzuhalten vermochte, schüttelte ich statt einer Antwort stumm den Kopf.

Das Schweigen zwischen uns war unerträglich.

»Dann ist das definitiv ein Nein?«

Ich fühlte mich schrecklich und todunglücklich dazu. »Ja, tut mir leid.«

»Du musst dich nicht entschuldigen.«

Mehr als alles andere hasste ich es, Palmer zu enttäuschen. Es tat mir weh, ihn zurückzuweisen. Zumal ich in Wahrheit ernstlich versucht war, meine Meinung zu ändern. Und so gerne hätte ich ihm gesagt, wie sehr ich mir wünschte, die Dinge lägen anders, bloß lagen sie nicht anders, würden nie anders liegen.

Palmer war ein Teil von Alaska wie die raue Wildnis und würde sich in einer Großstadt komplett fehl am Platze fühlen und niemals wirklich glücklich werden. Ich hingegen gehörte nach Seattle, zu Kinos, Einkaufszentren, Nagelstudios und Starbucks. Das war mein Leben.

Völlig unerwartet zog er mich plötzlich in seine Arme und drückte mich an sich. Meine Hoffnung, dass er mich küsste, erwies sich als Illusion. Langsam atmete er tief ein, bevor er mich sacht an den Schultern fasste.

»Ich wünsche dir ein gutes Leben, Josie.«

Er hielt mich noch einen Moment lang fest, bevor er sich abwandte und in Richtung seines Hauses ging, ohne sich noch einmal umzublicken.

Mit einem Herzen so schwer wie Blei sah ich ihm nach. Ein Teil von mir drängte mich, ihm hinterherzurufen, dass ich ihn heiraten würde, der andere Teil hinderte mich daran, flüsterte mir ein, dass mein Leben und die Karriere, für die ich so hart gearbeitet hatte, in Seattle stattfänden und nicht in Ponder.

Wie lange ich reglos dort im Dunkeln gestanden hatte, wusste ich nicht zu sagen. Endlich machte ich mich auf den Rückweg zur Lodge. Die Brewsters und die restlichen Angestellten saßen an dem riesigen Kamin, der die Lobby beherrschte. Jerry und Marianne sahen mich erwartungsvoll an, als hätten sie schon ungeduldig auf meine Rückkehr gewartet und würden mit einer wichtigen Ankündigung meinerseits rechnen. Besonders aufgeregt wirkte Jack, der sich ebenfalls eingefunden hatte.

»Und?«, fragte er. »Wirst du Palmer nun heiraten oder nicht?«

Verdattert blieb ich stehen. Wie es aussah, wusste jeder, dass Palmer mir heute Abend einen Antrag machen wollte, jeder außer mir.

Traurig schüttelte ich den Kopf, und Tränen begannen über meine Wangen zu rinnen.

»Er hätte es mir überlassen sollen, dich zu fragen«, hörte ich Jack flüstern, als ich in Richtung meines Zimmers davoneilte.

»Josie, vergiss nicht, deine Koffer in die Lobby zu stellen, bevor du schlafen gehst«, rief Jerry mir nach.

Ich nickte, obwohl er es bereits nicht mehr sehen konnte.

3. Kapitel

Josie

Ich wachte in einem warmen, behaglichen Dunkel auf. Gähnend reckte ich die Arme in die Höhe und wunderte mich, dass der Wecker mich nicht geweckt hatte, vor allem weil ich kein Auge zugetan und mich ständig von einer Seite auf die andere gewälzt hatte.

Als ich das letzte Mal auf die Uhr geschaut hatte, war es fast drei Uhr morgens gewesen, und mir blieben gerade mal zweieinhalb Stunden, um ein bisschen Schlaf zu bekommen, bevor ich aufstehen musste, um an Bord der Fähre zu gehen. Nach Palmers Heiratsantrag schwirrte mir der Kopf, und ich war total durcheinander. Also war ich aus dem Bett gekrochen, um eine leichte Schlaftablette zu nehmen. Offenbar hatte sie ihre Wirkung getan, denn als ich das nächste Mal einen Blick auf die Uhr auf meinem Nachttisch warf, gefror mir das Blut in den Adern.

Noch einmal starrte ich auf die Anzeige und zwinkerte heftig mit den Augen. Halb neun Uhr morgens.

Das konnte nicht stimmen. Vollkommen unmöglich.

Laut Fahrplan sollte die Fähre um sechs Uhr an diesem Morgen ablegen. Panisch schleuderte ich die Decken beiseite, sprang aus dem Bett, riss die Zimmertür auf und stürmte hinaus.

»Marianne!«, rief ich.

Meine Stimme hallte hohl in dem leeren Flur wider. In der Lodge herrschte eine geradezu gespenstische Stille. Sie konnten doch nicht ohne mich abgereist sein, einfach undenkbar, oder etwa nicht? Marianne und Jerry wussten schließlich, dass ich nach Seattle zurückmusste, um meinen neuen Job anzutreten. Es konnte sich lediglich um einen schlechten Scherz handeln. Oder einen gemeinen Streich, den sie mir spielten.

Vielleicht hatten sie ja meine Uhr verstellt.

Ich rannte in die Küche, rechnete inzwischen fest damit, dass sie dort saßen, Kaffee tranken und sich über mich lustig machten. Aber die Küche war dunkel, kalt und, was am schlimmsten war, leer.

Mein Herz hämmerte wie eine Kriegstrommel, als ich in mein Zimmer zurückkehrte, um nachzudenken, was hier schiefgegangen war.

Bevor ich zu Bett gegangen war, hatte ich die Sachen, die ich am nächsten Tag anziehen wollte, auf mein Gepäck gelegt und anschließend den Wecker gestellt. Oder hatte ich etwa vergessen, ihn zu stellen? Nein, natürlich nicht. Etwas so Wichtiges würde ich nicht vergessen. Außerdem erinnerte ich mich deutlich daran, es getan zu haben. Ich griff nach meinem Handy, um mich zu vergewissern, dass es auch die richtige Weckzeit war.

In diesem Augenblick traf mich der Schlag, denn ich erkannte meinen Fehler sofort.

Zwar hatte ich den Wecker gestellt, allerdings auf halb sechs nachmittags statt morgens.

Mit einem Stöhnen schlüpfte ich in meine Jeans und mein Sweatshirt, während die wachsende Panik Adrenalin durch meinen Körper jagte, verließ mein Zimmer und rannte durch sämtliche Räume der Lodge, obwohl ganz offensichtlich war, dass ich niemanden mehr entdecken würde. Alle waren auf die Fähre gegangen, alle außer mir.

Es dauerte ein paar Minuten, bis ich die Notiz fand, die Marianne mir dagelassen hatte.

Josie,
ich habe mehrmals bei dir angeklopft, doch du hast nicht reagiert, und deine Koffer hast du ebenfalls nicht nach draußen gestellt, daher bin ich davon ausgegangen, dass du deine Meinung in Bezug auf Palmers Heiratsantrag geändert und dich entschlossen hast, in Ponder zu bleiben.
Wir gratulieren dir von Herzen! Jerry und ich wünschen dir alles Glück dieser Welt und zählen darauf, dass du in der nächsten Saison wieder bei

uns arbeitest. Wir hätten dich nämlich liebend gerne erneut bei uns.

Marianne

Fassungslos starrte ich auf den Zettel. Offenbar hatte sie irrigerweise angenommen, dass ich mich entschieden hatte, die Chance meines Lebens sausen zu lassen, nicht mit dem Küchenchef meiner Träume zusammenzuarbeiten und stattdessen ein ereignisloses Leben in Ponder an Palmers Seite zu führen.

War sie verrückt oder ich?

Sosehr ich mich zu Palmer hingezogen fühlte – ihn zu heiraten war noch mal was anderes. Das konnte und wollte ich nicht. Die halbe Nacht war ich wach geblieben und hatte über jede erdenkliche Möglichkeit nachgegrübelt, eine Beziehung mit ihm zu führen, ohne dass mir etwas eingefallen wäre, was wirklich praktikabel war. Wir lebten einfach in verschiedenen Welten, zwischen denen sich keine Verbindung herstellen ließ. Trotzdem hatte Marianne sich der Illusion hingegeben, ich könnte es mir noch einmal überlegt haben. Reines Wunschdenken. Hätte ich bloß das verdammte Schlafmittel nicht genommen, dann säße ich jetzt nicht in der Patsche.

Ein Schluchzen stieg in meiner Kehle auf. Ich war zurückgelassen worden. Einsam und verloren saß ich in der Wildnis fest.

Die Fähre, die heute Morgen abgelegt hatte, war bis zum nächsten Frühjahr die letzte, die Ponder verließ und den Caribou Lake überquerte, bevor er den langen alaskischen Winter über zufror. Wenngleich das so sicher war wie das Amen in der Kirche, schnappte ich mir meine Jacke und hastete aus der Lodge, hoffte wider besseres Wissen, dass es noch nicht zu spät war und die Fähre noch am Ufer lag.

Am Horizont brach gerade die Morgendämmerung an, als ich den See erreichte. Keine Fähre. Mit zusammengekniffenen Augen spähte ich in die Ferne, sah, so weit das Auge reichte, nichts als Wasser. Es schlug nicht die kleinste Welle, was mir verriet, dass es lange her war, seit die Fähre das Dock verlassen hatte. Am Ufer begann sich bereits Eis zu bilden, und um alles noch schlimmer zu machen, hatte es angefangen zu schneien.

Da ich nicht wusste, was ich sonst tun sollte, ging ich zur Lodge zurück und warf mich in meinem Zimmer schluchzend aufs Bett. Was konnte ich tun, fragte ich mich und überlegte krampfhaft, welche Möglichkeiten es für mich gab. Es waren erschreckend wenige.

Das alles hatte ich allein Palmer zu verdanken.

Wenigstens tat es gut, jemand anderem als mir selbst die Schuld für dieses Dilemma in die Schuhe schieben zu können. Und das wollte ich ihm so bald wie möglich ins Gesicht schleudern und ihn meinen heiligen Zorn spüren lassen. Also raffte ich mich auf, wagte mich warm eingemummelt hinaus in die Kälte und machte mich auf den Weg zu Palmers Blockhaus, das Wohnräume und Werkstatt zugleich beherbergte.

Ohne anzuklopfen, riss ich die Tür auf.

Hobo, der in seiner gewohnten Ecke schlief und leise schnarchte, hob kurz den Kopf, ließ die Schnauze jedoch sofort wieder auf die Pfoten sinken, als hätte er mich erwartet. Unmittelbar hinter der Tür blieb ich stehen, um erst mal zu verschnaufen, bevor ich mit meiner Standpauke loslegte.

Palmer stand an seiner Esse, trug eines seiner karierten Arbeitshemden und war gerade dabei, auf eine rot glühende Klinge aus Stahl einzuhämmern, die wie ein traditionelles japanisches Langschwert aussah. Vor Palmer hatte ich nicht einmal gewusst, dass es den Beruf des Schwertschmieds gab, und seine Arbeit von daher höchst faszinierend gefunden. Im Laufe der letzten sechs Monate hatte ich dann viel Zeit in seiner Werkstatt verbracht und viel Interessantes über seine Tätigkeit erfahren. Damals begriff ich, dass er ein Meister seines Fachs war. Einer, der aus einem Handwerk Kunst machte.

Er liebte seine Arbeit, ging ganz darin auf, und von den Brewsters wusste ich, dass er auf seinem Fachgebiet als einer der Besten galt. Nicht allein im eigenen Land, sondern sogar weit darüber hinaus waren die Erzeugnisse seiner Schmiedekunst sehr gefragt.

Und gerade weil Palmer sein Handwerk mit solcher

Leidenschaft ausübte, hoffte ich, dass er besser als jeder andere verstehen würde, weshalb ich mir die Gelegenheit, mit einem berühmten Koch zu arbeiten, nicht entgehen lassen konnte. Es musste einfach einen Weg geben, nach Seattle zurückzukommen. Wenn nicht, wusste ich nicht, was ich tun sollte.

Es dauerte eine Minute, bis er mich bemerkte, und in diesem Moment erstarrte er zur Salzsäule, den Hammer in der erhobenen Hand. Unwillkürlich erinnerte er mich an eine Wachsfigur aus dem Kabinett der berühmten Madame Tussaud. Offensichtlich brauchte er eine Ewigkeit, bis er begriff, was er da sah, erst dann legte er den Hammer zur Seite, schob sich die Schutzbrille auf den Kopf, und auf seinem Gesicht breitete sich zögernd ein Lächeln aus.

»Du bist geblieben«, stellte er ungläubig fest.

»Nein, ich bin *nicht* geblieben«, widersprach ich heftig und ziemlich ungehalten.

Palmer blinzelte sichtlich verwirrt und runzelte die Stirn, kapierte nicht, was er mit dieser sonderbaren Erklärung anfangen sollte. Er war kein Mensch, der um tausend Ecken dachte, das war seine Sache nicht, dazu war er viel zu gradlinig.

»Ich bin nicht freiwillig geblieben, wollte ich sagen«, fügte ich rasch hinzu.

Die Furchen auf seiner Stirn vertieften sich. »Willst du damit sagen, dass du deine Meinung nicht geändert hast und mich nicht heiraten willst?«

»Ja, so ist es. Ich habe schlicht und ergreifend verschlafen und dadurch die Fähre verpasst, und keiner hat mich geweckt, weil alle an dein albernes Gerede von Heirat und so geglaubt haben.« Erneut war ich kurz davor, in Tränen auszubrechen. »Wie du siehst, ist der ganze Schlamassel letztlich deine Schuld.«

»Meine?«, hakte er nach, kam eindeutig nicht im Geringsten auf den Gedanken, dass er irgendetwas damit zu tun hatte.

»Ja, du. Wer sonst hat denn überall verbreitet, dass du mich heiraten willst. Die waren ja alle ganz besoffen von dem Gedanken. Dir hingegen sollte eigentlich klar gewesen sein, dass ich nicht bleiben kann, so schwer mir der Abschied von dir fällt. Und weil du eben mit schuld an dieser Misere bist, musst du mir jetzt helfen, irgendwie nach Seattle zu kommen. Das ist das Mindeste, was du für mich tun kannst.«

Seine Miene blieb unbewegt, undurchdringlich, fassungslos. Er schien meinen Gedankengängen nicht folgen zu können oder zu wollen. Vermutlich glaubte er, dass ich den Verstand verloren hatte.

»Warum ist es *meine* Schuld, wenn *du* die Fähre verpasst hast?«

»Ganz einfach: Du hast mir einen Antrag gemacht, der mich so durcheinandergebracht hat, dass ich nicht schlafen konnte und ein leichtes Schlafmittel nehmen musste. Und dann habe ich nichts gehört. Weder den Wecker noch Mariannes Klopfen. Und dass sie geglaubt hat, ich hätte es mir anders überlegt und würde bei dir bleiben wollen, dafür bist allein du verantwortlich. Wieso hast du ohne mein Wissen Gott und aller Welt erzählt, dass du mich heiraten willst? Jetzt haben wir den Salat.«

Sein beharrliches Schweigen brachte mich noch mehr auf die Palme. »Hast du nichts dazu zu sagen?«, fuhr ich ihn erbost an.

Er legte den Kopf schief. »Sehen deine Haare morgens immer so aus?«

Der Typ raubte mir den letzten Nerv. War das Naivität oder wollte er mich ärgern, dass er in dieser Situation nach meinen Haaren fragte?

»Okay, vielleicht sehe ich ja aus wie jemand, der gerade aus einer dunklen Höhle gekrochen ist. Nur erklär mir bitte, welche Rolle das spielt. Ich habe gerade ganz andere Sorgen. Nämlich wie ich nach Seattle komme. Und ich wäre dir sehr verbunden, wenn du das auch zu deinem Problem machen würdest. Also?«

Er starrte mich weiter an, als wäre ich nicht ganz bei Trost. »Ich wüsste nicht, was ich deiner Meinung nach tun sollte.«

»Ich *muss* nach Seattle«, brüllte ich ihn an. »Kapier das endlich. Es muss schließlich eine Möglichkeit geben, im Notfall von hier fortzukommen. In zwei Wochen eröffnet das Restaurant, und von mir wird erwartet, dass ich da bin, um alles zu organisieren. Das ist meine Zukunft und mein Leben.«

Er zuckte die Achseln. »Ich würde dir ja gerne helfen, Josie, wirklich, doch die Fähre ist weg, und das war für diese Saison die letzte.«

»Irgendwie klingt das, als ob du mir nicht helfen willst.« Heiße Wut traf mich wie die Faust eines Boxers, und ich stampfte mit dem Fuß auf. »Weil du offenbar willst, dass ich hier festsitze, nicht wahr? Für dich muss ein Traum wahr geworden sein. Du bist überglücklich, freust dich über mein Unglück und hast keinerlei Interesse daran, mir in irgendeiner Weise aus der Patsche zu helfen. Gib es zu, Palmer.«

Er hob die Schultern. »Kann nicht behaupten, dass ich es furchtbar finde, wie es gelaufen ist, und wünschte, du würdest dich nicht so darüber ärgern, aber du wirst dich mit der Zeit daran gewöhnen.«

»Ich werde mich an gar nichts gewöhnen«, fauchte ich ihn an und spürte, dass ich mit jeder Sekunde wütender wurde. »Und merk dir eines, Palmer: Ich werde einen Weg finden, hier wegzukommen, und wenn es das Letzte ist, was ich tue.«

Mit diesen Worten ließ ich ihn stehen und rauschte wutentbrannt aus der Werkstatt. Ich war noch nicht weit gekommen, als ich auf Jack traf. Auf das Gesicht des knorrigen Alten trat ein Lächeln, das hell genug war, um den Polarlichtern Konkurrenz zu machen.

»Du heiratest Palmer. Ich wusste, dass du es dir noch einmal überlegen würdest, Josie.«

Ich wollte ihm gerade die Sachlage erklären, als er mich unterbrach. »Was gibt es heute zum Essen?«

Das durfte jetzt nicht wahr sein, dachte ich. Waren alle hier nicht ganz bei Verstand?

»Keine Ahnung. Ich jedenfalls koche nicht, falls du darauf angespielt haben solltest. Ich habe andere Dinge im Kopf, als für euch dämliche Kerle ständig ein Essen vorzubereiten.«

Jack schien noch begriffsstutziger als Palmer zu sein, so kam es mir jedenfalls vor.

»Sicher, sicher, du brauchst ein paar freie Abende. Das verstehe ich. Ich komme schon klar, obwohl es hart wird.« Plötzlich begannen seine Augen zu funkeln. »Wenn dir ein Dinner zu viel wird, wie wäre es dann mit einer Kleinigkeit zum Lunch? Muss nichts Großartiges sein. Eine Suppe, ein paar Sandwiches und ein Dutzend selbst gebackene Plätzchen würden reichen.«

»Hör mir gut zu«, knirschte ich mit zusammengebissenen Zähnen. »Ich koche nicht, weil ich Ponder verlasse, sobald ich eine Möglichkeit finde, von hier wegzukommen.«

Ich seufzte, als ich merkte, dass er mich ganz offensichtlich nicht verstand. Natürlich nicht. Er hatte denselben seltsamen Blick aufgesetzt wie Palmer, als ich ihm verklickern wollte, dass ich keineswegs seinetwegen noch in Ponder herumlief. Und er gab dieselbe, wenig intelligente Antwort.

»Die Fähre ist bereits weg.«

Er sagte das, als wäre mir diese Tatsache nicht längst klar.

»Ich weiß, ich weiß. Ich habe verschlafen und muss nun sehen, wie ich nach Hause komme, so oder so.«

»Oh.« In diesem kleinen Wort schwang eine Fülle von Emotionen mit.

Jack ließ die Schultern sinken, und ein betrübter, verlorener Ausdruck überzog sein Gesicht. Eine Sekunde lang verspürte ich den Drang, ihn zu umarmen und zu trösten, bis mir bewusst wurde, dass ich damit bloß falsche Erwartungen wecken würde. Außerdem sollte ich nicht länger fruchtlose Diskussionen führen, sondern lieber sondieren, wie ich aus Ponder rauskam.

Ich schob mich an Jack vorbei, kehrte zu der Lodge zurück und ging zur Rezeption, um ein paar Telefongespräche zu führen. Zum Glück hatte Marianne alle wichtigen Telefonnummern notiert, und da ich zudem gelegentlich am Empfang ausgeholfen hatte, kannte ich mich mit der Telefonanlage einigermaßen aus.

Die erste Nummer, die ich wählte, war die der Firma, der die Fähre auf dem Caribou Lake gehörte und die sie betrieb. Mir wurde bestätigt, dass die Überfahrt heute Morgen definitiv die letzte der Saison gewesen und auch keine Sonderfahrt oder Ähnliches geplant sei. Damit konnte ich das Thema Fähre abhaken. Meine Frage, ob sie denn eine gangbare Alternative wüssten, hatte man mit Bedauern verneint.

Himmel, Herrgott, es musste schließlich Mittel und Wege geben, dieses Kaff zu verlassen.

Als Nächstes wählte ich die Nummer eines Wasserflugzeugunternehmens in der Hoffnung, dass die nicht nur Charterflüge anboten, sondern ebenfalls eine Art Liniendienst versahen. Taten sie nicht, die Firma arbeitete rein auf Charterbasis. Ich erklärte meine Situation, machte ein wenig auf Mitleid und fragte, was es kosten würde, wenn eine Maschine mich abholte und nach Fairbanks flog.

Ich fiel aus allen Wolken, als der Mann am anderen Ende der Leitung mir die Summe nannte, und schnappte hörbar nach Luft.

»Jetzt machen Sie mal halblang, ich wollte die Kiste mieten und nicht kaufen«, protestierte ich.

»Wasserflugzeuge zu chartern ist eben nicht billig, junge Dame«, wurde ich ziemlich arrogant von ihm heruntergebügelt.

»Sieht ganz so aus«, murmelte ich verdrossen.

»Was ist nun? Wollen Sie den Flug buchen oder nicht? Sie sollten sich schnell entscheiden. Der Caribou Lake wird bald zufrieren, und dann geht mit unseren Maschinen nichts mehr.«

Ich zögerte. »Erst mal nicht, vorher möchte ich noch ein paar andere Möglichkeiten überprüfen.«

Zwar wusste ich nicht genau, wie die aussehen sollten, aber bevor ich mir eine solche Summe aufhalste, die praktisch meine gesamten Ersparnisse verschlingen würde, wollte ich mich vergewissern, ob sich nicht irgendwo eine billigere Variante anbot.

»Sie wollen also Ihre Entscheidung erst einmal auf Eis legen?«, fragte er und lachte über seinen Witz, den er offenbar für äußerst geistreich, ich in meiner Situation hingegen für eher geschmacklos hielt. Weshalb ich auch nicht lachte, was er wohl erwartet hatte.

»Danke für Ihre Hilfe«, sagte ich mürrisch und legte den Hörer auf.

Draußen hatte mittlerweile ein starkes Schneetreiben eingesetzt. Dicke Flocken fielen in solcher Windeseile vom Himmel, dass die Welt hinter einem weißen Vorhang zu verschwinden schien.

Perfekt. Einfach perfekt. Ich fragte mich unwillkürlich, was für Tiefschläge das Leben sonst noch für mich bereithalten mochte.

Hinter dem Empfangstresen sitzend, ließ ich die beiden Telefongespräche Revue passieren und stieß einen frustrierten Seufzer aus. Beides keine Optionen. Ich würde meiner Mutter erzählen müssen, was passiert war. Bei ihr durfte ich wenigstens auf die Unterstützung und das Mitgefühl hoffen, das ich so dringend brauchte.

Sie meldete sich nach dem zweiten Klingeln.

»Mom«, rief ich und spürte ein Schluchzen in meiner Kehle. »Mom, ich habe den Anschluss verpasst.«

»Tatsächlich oder im übertragenen Sinne?«, erkundigte sie sich nach einer Weile.

»Im wahrsten Sinne des Wortes. Ich habe die letzte Fähre verpasst. Nachdem Palmer mir einen Heiratsantrag gemacht hatte, war ich so durcheinander, dass ich ein Schlafmittel nehmen musste, und daraufhin habe ich verschlafen«, rasselte ich die ganze Geschichte herunter, ohne einmal Luft zu holen.

Als ich fertig war, herrschte am anderen Ende der Leitung Stille.

»Hast du gehört, was ich dir erzählt habe?«, hakte ich nach.

»Jedes Wort. Klingt für mich, als würdest du in Ponder festsitzen.«

»Mom, ich kann nicht hierbleiben. Ich muss nach Seattle zurück«, antwortete ich verzweifelt.

Ich wollte einen Rat von ihr, erwartete ihn sogar, da meine Mutter normalerweise immer einen Weg oder Ausweg wusste. Sie hatte ein besonderes Talent dafür, selbst aus der schlimmsten Situation das Beste herauszuholen. Und um es dringend zu machen, zählte ich alle Gründe auf, weshalb es nötig war, unter allen Umständen schnellstmöglich zurückzukommen. Andernfalls wäre mein Job zum Teufel und meine Zukunft versaut, fügte ich am Ende noch dramatisch hinzu.

»Palmer hat dich gebeten, ihn zu heiraten?«, wiederholte sie, als hätte sie kein Wort von dem mitbekommen, was ich soeben heruntergerattert hatte. »Du hast seinen Namen des Öfteren erwähnt, doch mir war nicht klar, dass es sich um etwas Ernstes handelt. Scheint ein netter junger Mann zu sein.«

Ich war entsetzt. Das klang ja fast, als würde sie mir raten, bei dem netten Burschen in Alaska zu bleiben.

»Mom, was redest du da«, entfuhr es mir genervt. »Ich habe den Eindruck, du verstehst den Ernst der Lage nicht. Begreif endlich, dass ich nach Hause zurückmuss. Hast du vielleicht eine Idee? Oder kannst du dir etwas einfallen lassen?«

»Wie hat er dir den Antrag gemacht? Ist er auf ein Knie gesunken?«

War das zu fassen? Schon wieder redete sie völlig am Thema vorbei. Sie benahm sich wie eine verhinderte Brautmutter, die nichts anderes im Sinn hatte, als die Tochter unter die Haube zu bringen.

Einerseits war ich total angesäuert, andererseits musste ich lachen, weil mir erneut die Absurdität von Palmers Antrag in den Sinn kam.

»Nein, er ist nicht auf die Knie gegangen, er hat mir gesagt, ich hätte schöne, gerade Zähne.«

Wie erwartet brach meine Mutter in Gelächter aus.

»Das erinnert mich an den Tag vor vielen, vielen Jahren, als dein Vater mich gebeten hat, seine Frau zu werden. Er war nervös und zappelig, redete lauter zusammenhangloses Zeug und sagte zum Schluss, er wolle es nicht tun. Als ich ihn fragte, was er nicht tun wolle, sah er mich ganz liebevoll an und erklärte treuherzig, er wolle nicht den Rest seines Lebens ohne mich verbringen.«

»O Mom«, flüsterte ich. »Das ist ja total romantisch, ich könnte dahinschmelzen.«

In der Tat hätte es mir besser gefallen, eine solch unbeholfene Liebeserklärung zu hören, als von einem Zettel vorgelesen zu bekommen, wie schön meine Zähne seien und wie gut mein Haar dufte.

»Ehrlich gesagt, war dein Vater der am wenigsten romantische Mann, der mir je begegnet ist«, fuhr meine Mutter fort. »Aber er hat mich geliebt und dich vergöttert. Doch hier und jetzt geht es nicht um mich, sondern um dich. Und ich bin sicher, dass wir eine Möglichkeit finden, dich rechtzeitig nach Hause zu kriegen.«

»Wenn du dir sicher bist, bin ich es ebenfalls«, versprach ich. »Bislang war ich ziemlich verzweifelt, weil ich mir keinen Rat wusste und niemand mir helfen konnte oder wollte. Dabei müssten die Leute hier eigentlich am besten wissen, was man in einer Notsituation tut.«

Obwohl ich zuversichtlicher tat, als ich es war, wollte ich daran glauben, dass sie recht hatte. Zumal sie fast immer recht behielt, und das war es, was mir Mut machte.

Egal wie, Hauptsache ich würde dorthin gelangen, wo ich hinwollte. Nach Seattle. Zu meinem Job, zu meiner Mutter und zu meinen Freunden. Zurück in mein altes Leben. Alles, was es jetzt zu tun galt, war, ruhig und vernünftig zu denken und daran zu glauben, dass da, wo ein Wille war, auch ein Weg war. Wie hieß es außerdem so schön: Die Hoffnung starb zuletzt.

Nachdem meine Mutter mich etwas aufgerichtet hatte und ich neuen Wind unter den Flügeln fühlte, beendete ich das Gespräch und gab mir einen Ruck, um meinen inneren Schweinehund endgültig zu überwinden. Ich würde hier wegkommen, und wenn ich zu diesem Zweck ein Schlittenhundegespann anheuern musste.

4. Kapitel

Palmer

Jack kam in meine Werkstatt gestürmt, als würde er Schutz vor einem Luftangriff suchen.

»Hast du es schon gehört?«, rief er aufgeregt. »Josie hat das Schiff verpasst!«

Hobo trottete zu ihm hinüber, um ihn zu begrüßen, und Jack tätschelte ihm geistesabwesend den Kopf.

»Ich habe es gehört.«

Wenngleich die Neuigkeit inzwischen ein wenig gesackt war, verdaut hatte ich sie nicht. Dass sie in Ponder festsaß, betrachtete ich als Segen und Fluch zugleich. Letztendlich würde sie selbst ohne meine Hilfe einen Weg finden, um der Wildnis zu entkommen, und dann würde es mir noch schwerer fallen, sie gehen zu lassen. Bis dahin jedoch durfte ich mich an ihrer Gegenwart erfreuen, sofern sie nicht zu wütend und frustriert war, um mich eines Blickes zu würdigen.

»Verstehst du nicht?«, beharrte Jack ungeduldig.

»Das ist unsere Gelegenheit, sie davon zu überzeugen, dich zu heiraten. Gott hat dir eine zweite Chance gegeben, sie für dich zu gewinnen, also lass sie nicht ungenutzt verstreichen, Palmer. Hörst du mich?«

Er klang mehr wie ein Ausbildungsoffizier, der Befehle erteilte, als wie der alte Goldsucher, der er im Grunde seines Herzens nach wie vor war.

Ich wollte ihn nicht entmutigen, aber so, wie ich das sah, konnte Josie gar nicht schnell genug von mir wegkommen. Als sie heute Morgen in meiner Werkstatt aufgekreuzt war, hatte mein Herz sich angefühlt, als wäre es auf das Doppelte seiner normalen Größe angeschwollen. Und eine verrückte Sekunde lang hatte ich geglaubt, sie habe es sich anders überlegt und beschlossen, mich zu heiraten.

Doch nicht lange, und die Dinge waren klargestellt. So klar, wie es klarer nicht ging.

»Sie ist entschlossen, so schnell wie möglich von hier abzuhauen«, erklärte ich Jack, ohne meine Arbeit zu unterbrechen.

Der alte Kauz ließ sich nicht beirren. »Vielleicht will sie ja im Moment weg, aber das wird nicht lange anhalten, wenn wir unsere Karten richtig ausspielen. Kapierst du es wirklich nicht? Dass Josie die Fähre verpasst hat, verschafft uns die Zeit, die wir brauchen, um deinen Heiratsantrag noch einmal zu überarbeiten.«

Jack hatte offenbar den letzten Rest seines Verstands

verloren. Schlimm genug, dass ich mir bei meinem ersten Anlauf von ihm lauter unsinniges Zeug hatte einreden lassen, ein zweites Mal jedenfalls würde mir das nicht passieren.

»Lass es gut sein. Ich habe ihr nichts zu bieten. Sie hat mir klipp und klar erklärt, was sie will, und das bin nicht ich. Außerdem ist sie stocksauer und macht mich dafür verantwortlich, dass sie hier festhängt.«

Was ich, nebenbei gesagt, nach wie vor nicht verstand. Wer bitte hatte denn verschlafen? Sie oder ich? So wie ich das sah, hatte sie sich die Sache selbst eingebrockt.

Jack starrte mich weiter so eindringlich an, als würde er mir seine Sichtweise ins Gehirn hämmern wollen.

»Alles Quatsch. Im Übrigen bist du heilfroh, dass sie noch hier ist. Also tu nicht so, sondern gib es zu. Welche Umstände dazu geführt haben, zählt nicht. Es ist passiert wie ein Naturereignis. Wie ein Erdbeben oder ein Vulkanausbruch, weißt du.«

»Es war kein Naturereignis«, berichtigte ich ihn, »sondern schlicht und ergreifend ein Fehler von Josie. Sie hat den Wecker falsch gestellt und verschlafen.«

Jack schüttelte nachdrücklich den Kopf. »Du darfst das nicht so banal sehen. Betrachte es als Fügung. Das Schicksal hat dir einen Aufschub gewährt, damit du sie dazu bringen kannst, sich in dich zu verlieben. Nutz diese geschenkte Zeit, verdammt noch mal.«

So gerne ich seinen Rat befolgen würde – die Angst,

mein Herz ein zweites Mal aufs Spiel zu setzen, war größer und lähmte mich.

»Palmer?« Jack weigerte sich hartnäckig aufzugeben.

»Ich werde tun, was ich kann«, gab ich schließlich nach, um endlich Ruhe zu haben.

Ohnehin war mir schleierhaft, was ich mehr tun konnte, als Josie einen Antrag zu machen und ihr meine Gefühle zu gestehen. Beides hatte ich getan mit dem Resultat, dass ich zurückgewiesen wurde. Sie wollte weg. Weg von mir, weg von Ponder. Und nichts, was ich sagte oder tat, würde sie dazu bringen, ihre Meinung zu ändern.

Als Jack ging, nahm ich an, dass er zu seiner eigenen Hütte zurückkehren würde. Also arbeitete ich weiter an meinem Bürgerkriegsschwert, bis ich meinte, mir mit gutem Gewissen eine Pause gönnen zu können. Obwohl völlig unsicher, ob es etwas bringen würde, entschloss ich mich, Josie zu besuchen. Vermutlich eine verrückte Idee, doch ich hatte das Gefühl, irgendetwas unternehmen zu müssen. Hinzu kam, dass ich ganz einfach Sehnsucht nach ihr hatte.

Nachdem ich meine Arbeitsgeräte weggeräumt hatte und meine Jacke holen wollte, bevor ich mich bei diesem Wetter auf den Weg zur Lodge machte, fand ich in der Küche zu meiner Überraschung Jack vor, der gerade meinen Schrank inspizierte.

»Willst du gerade eine kleine Pause für den Lunch machen?«, fragte er mich sichtlich hoffnungsvoll.

»Nein. Ich bin auf dem Weg zu Josie, um mit ihr zu reden.«

Augenblicklich grinste Jack von einem Ohr zum anderen.

»Eine ausgezeichnete Idee. Hol dir deine Frau und akzeptier kein Nein als Antwort.«

Ich nickte, ließ Jack allein, der es sich sicher in meiner Küche gemütlich machen und meine Vorräte plündern würde, da kannte er nichts.

Draußen hatte es zum Glück aufgehört zu schneien. Trotzdem schlug ich den Kragen hoch, bevor ich losmarschierte.

Die Vordertür der Lodge war nicht abgeschlossen. Josie saß in eine dicke Jacke gehüllt in einem der großen Sessel in der Halle, hatte die Arme um den Oberkörper geschlungen und wirkte unglücklich und verlassen. Und verfroren, denn im Kamin brannte kein Feuer mehr. Hobo lief zu ihr und quetschte sich neben sie in den Sessel, als wollte er sie wärmen.

Mit traurigen Augen sah sie mich an, und für einen kurzen Moment kreuzten sich unsere Blicke, bevor ich schweigend zu dem großen Kamin hinüberging, Holz und dünne Äste hineinlegte und ein Feuer entzündete. Innerhalb weniger Minuten leckten die Flammen an den Zweigen, bald würde ein prasselndes Feuer die Halle erwärmen.

»Sollte nicht lange dauern, bis es hier drinnen richtig gemütlich warm wird«, sagte ich in der Hoffnung, das Eis zu brechen.

»Danke«, erwiderte sie, und ihre Schultern sackten nach vorne.

Ich erhob mich, setzte mich in den Sessel ihr gegenüber und stützte die Ellbogen auf meine Oberschenkel, wusste nicht recht, wo und wie ich anfangen sollte. Sie nahm mir die Entscheidung ab, indem sie als Erste das Wort ergriff.

»Tut mir leid, ich hätte dir nicht die Schuld für meinen Fehler geben dürfen.« Niedergeschlagen streichelte sie über Hobos dichtes Fell. »Das war falsch und gemein.«

»Na ja, du warst völlig durch den Wind.«

Josie lachte freudlos. »Das ist noch milde ausgedrückt.«

Sie so deprimiert zu sehen tat weh.

»Hast du jemanden gefunden, der dich von hier fortbringt?«, fragte ich, wohl wissend, dass dieses Problem nicht so einfach zu lösen sein würde.

»Nicht wirklich«, erklärte sie resigniert. »Die Fähre kommt auf keinen Fall noch mal, und ein Wasserflugzeug zu mieten kostet ein Vermögen. Ich habe schon überlegt, den Landweg zu nehmen, weißt du. Einen Hundeschlitten zu mieten, der herkommt und mich abholt, bloß weiß ich nicht, ob jemand überhaupt einen solchen Service anbietet.« Sie hob den Kopf.

»Mit dem Auto kommt man ja nicht von hier weg, oder?«

»Nein, sämtliche Straßen sind Sackgassen und führen ins Nichts, das weißt du doch.«

»Was ist mit dem Postflugzeug? Meinst du, die würden mich mitnehmen? Oder wird etwa während der Wintermonate gar keine Post zugestellt?«

Ich zögerte, weil die Antwort ihr nicht gefallen würde.

»Mehr oder weniger. Weil im Winter lediglich so wenige in Ponder bleiben, wird in dieser Jahreszeit das Postflugzeug eingespart. Unsere Post wird nach Fairbanks geliefert. Ich habe dort beispielsweise ein Postfach, das meine Schwester alle paar Wochen überprüft. Viel kriege ich ohnehin nicht, hauptsächlich Reklame und solches Zeug. Jeder, der mich erreichen will, weiß, dass er das per Internet oder Telefon machen muss.«

Josie seufzte, als würde die Last der ganzen Welt allein auf ihren Schultern ruhen.

»Hast du mit deiner Mutter gesprochen und ihr erklärt, was passiert ist?«

»Ja, wir haben ein längeres Gespräch geführt.«

»Was ist mit dem Nobelrestaurant?«, erkundigte ich mich vorsichtig, weil ich wusste, dass das im Moment ein heikles Thema war und ein Problem, das sie zur Verzweiflung trieb.

Wenn sie nicht rechtzeitig in Seattle war, wäre es vielleicht aus und vorbei mit ihrer Karrierechance.

»Maître Antoine«, murmelte sie wehmütig.

»Meinst du, er würde dich nicht mehr nehmen, wenn du dich verspätest?«

Ihre Unterlippe zitterte. »Ich habe ihm eine E-Mail geschickt und warte auf seine Antwort. Ich würde ja gerne glauben, dass er mir den Job freihält, wissen kann ich das nicht. Und irgendwie könnte ich es ihm nicht verübeln, wenn er jemand anderen einstellt.«

»Das tut mir echt leid. Wirklich. Ich weiß schließlich, wie wichtig diese Stelle für dich ist.«

»Ich habe mir das alles selbst zuzuschreiben, mir ganz allein.« Sie seufzte erneut, wirkte noch verzagter. »Wie kann jemand so blöd sein, an einem wichtigen Tag den Wecker falsch zu stellen und ein Schlafmittel zu schlucken? Damit war ein Schlamassel geradezu vorprogrammiert.«

Als ich sie so fix und fertig sah, musste ich all meine Selbstbeherrschung aufbieten, um sie nicht in die Arme zu nehmen und zu trösten.

Nach ein paar verlegenen Sekunden fragte ich: »Konntest du die Brewsters erreichen?«

Josie nickte. »Sie waren gerade von der Fähre runter. Marianne fühlte sich ganz schrecklich, nachdem ich ihr erzählt habe, was passiert ist, aber vor allem ist es meine Schuld. Jerry hat mich am Abend noch erinnert, das Gepäck in die Lobby zu bringen, was ich ebenfalls versäumt habe, weil ich mit meinen Gedanken ganz woanders war.«

»Klingt für mich wie eine schlechte Komödie«, sagte ich.

»Mit dem Unterschied, dass niemand lacht, und deshalb ist es eher ein Trauerspiel«, gab sie mit einem betrübten Lächeln zurück.

»Marianne hat mir versichert, ich könne so lange wie nötig in der Lodge bleiben. Dafür bin ich dankbar. Ich weiß nicht, was ich getan hätte, wenn die Brewsters verlangt hätten, dass ich das Haus verlassen soll.«

Mit den Vorräten würde es sicherlich kein Problem geben, überlegte ich. Die Gefriertruhe der Lodge war bis zum Rand mit Fleisch, Gemüse und allem gefüllt, was man so brauchte, abgesehen von frischen Sachen, die waren im Winter Fehlanzeige. Die Menschen hier waren daran gewöhnt, sich mit ausreichenden Vorräten einzudecken.

»Mir tut das alles sehr leid, Josie.«

Sie hob den Kopf und fing meinen Blick auf. Ihre Augen wurden schmal.

»Tut es dir wirklich leid, Palmer? Ich hätte gedacht, mich hier festsitzen zu sehen müsste eine ungeheure Genugtuung für dich sein.«

»Nicht, wenn du gegen deinen Willen hierbleibst.« Ich meinte es ernst, ob Josie das nun glaubte oder nicht. »Das wollte ich nie. Vielmehr habe ich mich der Illusion hingegeben, du könntest an dem Leben hier im Norden Gefallen finden. Leider ist dem nicht so. Ende der Geschichte.«

Okay, ich gab mich cooler, als ich war, denn ich wollte mir auf keinen Fall die Blöße geben, sie anzuflehen, zu bitten und zu betteln, ihre Entscheidung noch mal zu überdenken. Schließlich hatte ich auch meinen Stolz und würde mich mit der Situation abfinden, selbst wenn es mir das Herz zerriss. Josie schien mir nicht zu glauben, wie mir ihr skeptischer Blick verriet.

»Ich wüsste vielleicht eine Möglichkeit, wie du nach Seattle zurückkommst«, schlug ich zögernd ein Thema an, das unserem Gespräch eine neue Wendung gab.

Es dauerte eine Weile, bis meine Worte in ihr Bewusstsein sickerten. Zuerst schien sie mir keinen Glauben zu schenken, dann wurden ihre Augen vor Aufregung ganz groß und rund.

»Wie meinst du das? Kennst du jemanden, der bereit wäre, mich hier abzuholen?«

»Vielleicht. Ein Freund von mir, Sawyer O'Halloran, ist Buschpilot und besitzt ein Kufenflugzeug. Er fliegt diese Strecke ziemlich häufig …«

»Was bedeutet für dich häufig«, platzte sie heraus und schnitt mir so das Wort ab.

»Nun, er hat alle paar Wochen in der Gegend zu tun. Ich könnte mich mit ihm in Verbindung setzen und ihn fragen, wann er Zeit hätte, dich bei einem Zwischenstopp aufzusammeln.«

»Das würdest du tun?«

»Habe ich dir das nicht gerade gesagt?«

Ihre Augen leuchteten auf. Eine euphorische Stimmung ergriff von ihr Besitz. Ein schöner Anblick, wenn man nicht der wäre, den sie verlassen würde. Jedenfalls brauchte ich keine weitere Bestätigung mehr dafür, wie sehr sie darauf brannte, Ponder den Rücken zu kehren. Und damit mir.

»Sowie ich etwas von ihm höre, sage ich dir Bescheid.«

»Dafür bin ich dir auf ewig dankbar. Dankbarer, als ich sagen kann.«

»Kein Problem, aber ich kann dir nichts fest versprechen.«

»Natürlich nicht.« Plötzlich schien etwas ihre gute Laune zu überschatten. »Was meinst du, wie viel er mir berechnen wird?«

»Vermag ich so nicht zu sagen, würde jedoch schätzen, dass es sich auf die zusätzlichen Kosten beschränkt, die ihm durch diesen Umweg entstehen.«

Vor lauter Erleichterung kamen ihr schon wieder die Tränen. Ich hasste das. Wenn ich nämlich mit etwas nicht umgehen konnte, dann mit einer weinenden Frau.

»Danke«, flüsterte sie.

»Denk dir nichts dabei«, sagte ich und wandte mich zur Tür.

Es war Zeit, dass ich wieder an die Arbeit ging und Jack aus meinem Haus warf, bevor er sich meine gesamten Vorräte einverleibte.

»Darf ich dich umarmen?«, fragte Josie verlegen, und bevor ich antworten konnte, hatte sie bereits den Raum durchquert.

Unter anderen Umständen hätte ich alles dafür gegeben, sie in meinen Armen zu halten, jetzt hingegen, seit ich wusste, dass sie für uns keine Chance sah, wäre es die reinste Qual. Doch sie ließ mir keine Wahl, schlang die Arme um meine Taille und presste ihr Gesicht gegen meine Brust.

»Ich verstehe nicht, warum du mir hilfst«, flüsterte sie leise, als ich sie an mich drückte und jeden Moment der Umarmung auskostete. Ich wollte dieses warme Gefühl speichern und so lange festhalten, wie mein Gedächtnis es erlaubte.

»Ich denke, die Antwort liegt auf der Hand.«

Sie löste sich von mir und hob den Kopf. Unsere Blicke trafen sich.

»Josie, ich liebe dich und würde fast alles für dich tun, was in meiner Macht steht.«

5. Kapitel

Josie

Ich hatte nicht vor, meine Koffer auszupacken, denn ich hoffte, dass Palmers Freund lieber früher als später einen Grund hätte, nach Fairbanks zu fliegen und mich auf diesem Weg aufzusammeln. Von dort gab es dann ganz normale Verbindungen aufs Festland.

Drei Tage lang lebte ich aus dem Koffer, bis ich es nicht länger ertragen konnte, in meinen Sachen herumwühlen zu müssen. Daraufhin suchte ich die Sachen heraus, die mir bei der herrschenden Kälte nutzten, und legte sie in den Kleiderschrank.

Seit jenem Morgen, als ich die letzte Fähre verpasst hatte, ging ich Palmer aus dem Weg, was nicht allzu schwierig war, da man im winterlichen Norden nicht grundlos auf der Straße herumrannte. Es sei denn, man begegnete sich in der Kirche, in der Kneipe oder bei einer Gemeindeveranstaltung.

Einmal war er an der Lodge vorbeigekommen, um sich zu erkundigen, ob alles in Ordnung sei, hatte sich aber schnell verabschiedet, als er nicht zum Bleiben aufgefordert wurde. Seine Enttäuschung stand ihm ins Gesicht geschrieben, und danach war er nicht mehr aufgetaucht. Seitdem fühlte ich mich noch einsamer und deprimierter, doch es ging nicht anders.

Ich hatte Angst, dass ich mich, wenn ich zu viel Zeit mit Palmer verbrachte, mehr an ihn gewöhnen würde, als mir lieb war, und am Ende so dumm wäre, all meine schönen Pläne über den Haufen zu werfen. Und das durfte nicht passieren, sonst würde ich es am Ende bitter bereuen, an einem entscheidenden Punkt meines Lebens die Weichen falsch gestellt zu haben.

Da ich praktisch nichts zu tun hatte, blieb mir viel Zeit, mich mit allerlei Dingen zu beschäftigen, zu denen ich neben meiner Arbeit nicht gekommen war. Unter anderem dachte ich mir Rezepte und Menüs aus und mailte sie Maître Antoine, der mir zu meiner ungeheuren Erleichterung den Job freihalten wollte. Ich las zwei Bücher in drei Tagen, kochte, backte und arbeitete an einer Petit-Point-Stickerei, mit der ich in der Highschool angefangen und die dann vergessen in einem Schrank gelegen hatte, bis sie mir vor meiner Abreise nach Alaska wieder in die Hände gefallen war.

Nach drei Tagen Isolation reichte es mir trotzdem. Ich vermisste Palmer und unsere gemeinsame Zeit. Und ich vermisste Hobo. Der Husky war heute Morgen alleine zur Lodge gekommen, und ich wäre bei seinem Anblick fast in Tränen ausgebrochen, so dankbar war ich für seine Gesellschaft.

Was war eigentlich dabei, wenn ich Palmer gelegentlich treffen würde?

Jacks Gesellschaft hingegen schätzte ich immer weniger. Er kam zwei- oder dreimal am Tag vorbei, immer zu den Essenszeiten, was nicht weiter verwunderlich war. Wenn ich ihn gelassen hätte, wäre er mein ständiger Gefährte geworden. Er redete pausenlos und schlug Gerichte vor, die ich für ihn kochen könnte. Und was der Gipfel war: Der verrückte Typ war ernsthaft der Meinung, ich müsse ihm dankbar sein, weil er mir etwas zu tun gab und ich somit keine Langeweile hätte.

Natürlich diente seine Beschäftigungstherapie so gut wie ausschließlich dazu, seinen Magen zu füllen. Erst an diesem Morgen hatte er mir ein Paket gefrorenes Karibufleisch gebracht und mich gebeten, ihm seinen Lieblingsschmortopf zuzubereiten. Da er ebenfalls alle übrigen Zutaten geliefert hatte, willigte ich ein und machte mich ans Werk.

»Backst du heute auch Brot?«, fragte er, als er sich auf einen Stuhl am Küchentisch setzte, während ich das Fleisch anbräunte und die Zwiebeln sautierte.

»Ich habe gestern erst Brot für dich gebacken«, erinnerte ich ihn.

»Das ist weg.«

»Zwei Laibe?«

Der Mann vertilgte mehr als jeder andere, der mir je begegnet war, und war dabei zaundürr.

»Einen habe ich Palmer gegeben«, erklärte er mir. »Der Junge hat sich sehr darüber gefreut.«

Ich nahm das Fleisch aus der gusseisernen Pfanne und legte es in den Schmortopf.

»Wo wir gerade von Palmer sprechen …« Ich achtete darauf, nicht zu viel Interesse zu zeigen. »Wie geht es ihm eigentlich?«

»Hat viel zu tun mit dieser Schwertkopie aus dem Bürgerkrieg, arbeitet stundenlang daran. Schätze, er will es vor Weihnachten fertig bekommen. Außerdem ist es eine gute Ablenkung, wo du jetzt zwar hier in seiner Nähe bist, aber nicht bei ihm und all das.«

»Oh, tut mir leid, dass er es so schwer nimmt.«

Jack nickte. »War ziemlich mürrisch, vor allem als ich von dir gesprochen habe. Vielleicht könntest du ihm ja eine von diesen Pasteten backen, die er so gerne mag. Die mit den Beeren, die ihr beide letzten Sommer gepflückt habt. Das heitert ihn vielleicht ein bisschen auf.«

Ich musste grinsen. Meine Beerenpastete zählte zu Jacks Leibgerichten. Mir konnte er nichts vormachen. Falls ich je etwas für Palmer kochen sollte, würde Jack sich seinen Teil abzweigen, darauf würde ich Gift nehmen. Denn der alte Gauner war alles andere als selbstlos. Deshalb überging ich seinen Vorschlag geflissentlich.

»Kocht er eigentlich für sich selbst?«, erkundigte ich mich stattdessen. »Irgendwas muss er ja essen, oder?«

Jack zuckte die Achseln. »Keine Ahnung, ich nehme es an.«

»Vielleicht solltest du dieses Schmorfleisch mit ihm teilen. Es ist ja genug da.«

»Gute Idee«, stimmte er zu, obwohl für ihn dann weniger blieb.

»Wunderbar. Ich packe alles zusammen, damit du es ihm bringen kannst.«

Da mein Stolz es nicht zuließ, selbst bei ihm vorbeizugehen, war Jack eine elegante Lösung, bei der ich nicht das Gesicht verlor. Ich hoffte, dass Palmer diesen würzigen Schmortopf als Friedensangebot betrachtete, denn irgendeine Art von Entschuldigung musste ich schließlich liefern, nachdem ich mit meinen Vorwürfen eindeutig eine Grenze überschritten hatte.

»*Ich* soll Palmer das Essen bringen?«, protestierte Jack, als würde ihm dabei ein Zacken aus der Krone brechen. »Es war deine Idee, und deshalb musst du es ihm selbst bringen.«

Aha, so lief der Hase. Jack witterte eine Gelegenheit, mich in Palmers Haus und dabei vielleicht in seine Arme zu treiben. Lieb gedacht, doch allzu durchschaubar. Um Amor zu spielen, fehlte ihm die Raffinesse.

Dennoch brachte mich sein Wunsch zum Nachdenken. Darüber, wo ich wirklich stand in Bezug auf Palmer. Manchmal nämlich begann ich zu fürchten, vorschnell gehandelt zu haben, als ich seinen Antrag kategorisch abgelehnt hatte. Richtiger wäre gewesen, mir Bedenkzeit auszubitten, um in aller Ruhe das Für und Wider gegeneinander abzuwägen.

Seit Palmer mir gesagt hatte, er liebe mich, kämpfte ich nämlich mit mir. Sein Antrag, so absurd er gewesen sein mochte, beschäftigte mich zunehmend, und unentwegt wurde ich von Fragen geplagt, deren Beantwortung mir ehrlich gesagt Angst einjagte.

Oder war mein Problem darauf zurückzuführen, dass sein Heiratsantrag nicht wie einer geklungen hatte?

Anfangs hatte ich mir nicht einmal zusammenreimen können, worauf er hinauswollte. Alles klang so verquer, so blöd und völlig uncharmant, als wäre er nicht ganz richtig im Kopf. Und als mir endlich dämmerte, wohin dieses Gespräch führte, war ich gleich in Abwehrhaltung gegangen und hatte lediglich Hindernisse statt Möglichkeiten gesehen. Meine Gefühle für Palmer waren völlig außen vor geblieben, ich hatte sie mir nicht mal selbst eingestanden und zugegeben, dass ich in ihn verliebt war.

Warum nur musste das Leben so kompliziert sein?

Schon sehr früh hatte ich erkannt, dass eine Langzeitbeziehung mit ihm problematisch war, und mir deshalb immer wieder eingeredet, ich würde ihn problemlos vergessen, wenn es hier vorbei und ich in Seattle zurück wäre. Inzwischen war ich mir da nicht mehr so sicher, hatte vielmehr Angst, dass er, wenn ich nach Hause zurückgekehrt war, einen noch größeren Platz in meinem Herzen einnehmen könnte, als er es jetzt bereits tat.

»Du denkst an Palmer, ist es nicht so?«, riss Jack mich aus meinen Gedanken.

»Tut mir leid, ich habe nicht zugehört, weil ich gerade an ganz was anderes denken musste«, entschuldigte ich mich peinlich berührt.

Jacks Augen funkelten verräterisch. »Palmer spukt dir im Kopf herum, habe ich recht?«

»Nein«, widersprach ich, um sogleich einzulenken. »Na ja, vielleicht.«

»Hab ich es mir nicht gedacht! Aus den Augen, aus dem Sinn, das funktioniert für dich wohl nicht.«

Ich hasste es, dass er in mir lesen konnte wie in einem Buch. Zudem beschlich mich das Gefühl, dasselbe hätte genauso gut mein Vater, wenn er noch am Leben wäre, zu mir sagen können.

»Wie ich sehe, fällt dir keine Antwort darauf ein. Weißt du, was ich denke?«

Gott, seiner ernsten Miene nach zu urteilen kam jetzt etwas total Dramatisches. Ich trat vom Herd zurück und machte mir an der Spüle zu schaffen.

»Ich wette, dass ich es erraten kann.«

»Soll ich dir verraten, was ich denke?« Er rieb sich auf die ihm eigene nachdenkliche Art den Bart. »Ich denke, dass du unbewusst die Fähre verpassen wolltest.«

»Was?«, explodierte ich. Allein die Andeutung brachte mich in Rage. »Das ist einfach lächerlich!«

Im ersten Moment war ich ernstlich empört und beleidigt. So was brauchte ich mir nicht vorhalten zu lassen. Ich weigerte mich rundheraus, auch nur in Erwägung zu ziehen, dass diese Unterstellung ein Körnchen Wahrheit enthielt.

Angesichts meiner heftigen Reaktion grinste Jack, als hätte er das große Los gezogen.

»Gib es zu. Du bist in Palmer verliebt.«

Wie eine Furie fuhr ich herum, starrte ihn an und wollte gerade eine neue Tirade vom Stapel lassen, als ich realisierte, dass ich mich immer mehr in einen gigantischen Selbstbetrug hineinsteigerte. Also beschloss ich, erst mal gar nichts zu sagen.

»Du bist durcheinander, Josie«, versuchte Jack mich zu beruhigen. »Kann nicht sagen, dass ich dir einen Vorwurf daraus mache. Hier in der Wildnis zu leben ist nicht leicht. Es kann sehr einsam werden, besonders für eine Frau. Hab mal gehört, dass Frauen immer die Gesellschaft anderer Frauen brauchen, zur emotionalen Unterstützung sozusagen.«

»Oh, seit wann bist du denn ein Experte, was Frauen betrifft?«, fragte ich spitz und war zugleich froh, das Gespräch von meinen Gefühlen für Palmer ablenken zu können.

»Ich verstehe von Frauen und weiblichen Bedürfnissen nicht viel«, meinte er treuherzig. »Angie hat mir das neulich erzählt.«

»Angie Wilkerson?« Ich hatte sie irgendwann kennengelernt. Sie und ihr Mann Steve besaßen ein Haus in Ponder und waren den ganzen Sommer über hier gewesen. »Bleibt Angie etwa den ganzen Winter über?«

»Klar. Sie bleibt jeden Winter mit Steve und den Jungs hier. Steve ist genau wie Palmer kein Freund vom Leben in der Stadt. Er arbeitet für eine dieser großen Ölgesellschaften. Behebt alle Probleme, die an der Pipeline auftreten können.«

Bei seinen Worten schoss mir eine Idee mit Überschallgeschwindigkeit durch den Kopf. Wenn es Probleme mit der Pipeline gab, musste Steve Ponder verlassen können. Falls in nächster Zeit so ein Fall eintrat, würde er mich vielleicht mitnehmen.

Endlich hatte ich einen Plan B.

»Jack, wenn irgendwo etwas an der Pipeline nicht in Ordnung ist, muss Steve hinfliegen, richtig? Ich meine, er muss sie an Ort und Stelle reparieren.«

Meine Gedanken befanden sich in Aufruhr, wirbelten wie verrückt in meinem Kopf herum. Nicht dass ich mir Probleme an der Pipeline wünschte, aber das konnte sich zu der Fluchtmöglichkeit entwickeln, nach der ich so verzweifelt suchte.

»Nee.«

»Was soll das heißen?«, fragte ich verdattert. »Du sagtest eben …«

»Ach Josie, das läuft heutzutage alles über Computer. Steve kann alles, was anfällt, gemütlich von zu Hause aus erledigen.«

War wohl nichts mit Plan B.

Meine Hoffnungen legten eine Bruchlandung hin.

»Angie war übrigens überrascht, als sie hörte, dass du die Fähre verpasst hast. Sie sagte, sie würde sich gerne gelegentlich mit dir treffen, wenn es dir recht ist.«

»Mache ich gerne. Ich werde sie anrufen und etwas mit ihr ausmachen. Oder ich geh einfach mal vorbei. Sieht ja so aus, als würde es noch ein Weilchen dauern, bis ich hier wegkomme.«

Ich wusch mir die Hände und trocknete sie an dem Handtuch ab, das an meiner weißen Köchinnenschürze hing, und dachte im Stillen, dass ich eine Freundin gut gebrauchen könnte.

»Denk drüber nach, was ich über dein Unterbewusstsein gesagt habe, Josie. Wenn du dir eine Chance gibst, würdest du vielleicht das Eheleben hier in Ponder lieben lernen«, erklärte Jack ziemlich geschwollen und lächelte dabei, als würde er ein Geheimnis hüten, von dem ich noch nichts wissen durfte.

»Jack, bitte. Mag ja alles lieb gemeint sein, doch ich hänge nicht freiwillig hier fest.«

»Das sagst du«, bot er mir Paroli und grinste mit einer Selbstsicherheit, als wüsste er sowieso alles besser als jeder andere.

Obwohl mich seine Selbstgefälligkeit ärgerte, würde ich keine Energie darauf verschwenden, mich weiter mit ihm zu streiten. Jack war stur wie ein Panzer, und ich ahnte, dass ich den Kampf verlieren würde. Nie im Leben wäre dieser selbst ernannte Besserwisser bereit zuzugeben, dass er mit seiner Meinung falschlag.

Nachdem Jack sich den Bauch vollgeschlagen und sich verabschiedet hatte, räumte ich die Küche auf und überlegte, was ich jetzt mit der für Palmer gedachten Portion tun sollte, die abgedeckt in einer Schüssel neben dem Ofen stand. Sollte ich zu ihm gehen oder nicht, das war die Frage.

Wenn ich es tun wollte, musste ich mich bald auf den Weg machen. Denn obwohl wir erst halb sechs am Nachmittag hatten, war es schon stockfinster. An dieses frühe Einsetzen der Dunkelheit würde ich mich wohl nie gewöhnen, vor allem nicht, weil es im Sommer permanent hell gewesen war. Beides war extrem. Ich zog mich also warm an und machte mich mit einer Taschenlampe bewaffnet zu Palmers Haus auf. Ein vertrauter Weg, den ich Dutzende von Malen gegangen war und der mir keine Orientierungsschwierigkeiten bereitete.

Bereits von ferne sah ich, dass in der Werkstatt

noch Licht brannte. Weil ich nicht wusste, wie ich empfangen würde, blieb ich unschlüssig vor der Tür stehen und nahm all meinen Mut zusammen, bevor ich anklopfte und mit bangem Herzen auf eine Antwort wartete.

Ein paar Sekunden später stand Palmer in der Tür mit weit aufgerissenen Augen. War es Überraschung, Bestürzung oder gar Entsetzen? Ich wusste es nicht. Freude jedenfalls sah anders aus.

»Das hier ist etwas zu essen für dich«, brachte ich verlegen stotternd über die Lippen und hielt ihm die Schüssel hin.

Er bat mich nicht hereinzukommen, starrte mich einfach an, und so drückte ich ihm sein Abendessen in die Hand und wandte mich ab.

»Ich habe übrigens von Sawyer gehört«, sagte er plötzlich, woraufhin ich natürlich sofort kehrtmachte und ihn erwartungsvoll ansah.

»Wirklich?« Ich vermochte meine Aufregung nicht zu verbergen. »Du meinst den Freund mit dem Flugzeug, den Buschpiloten?«

»Komm endlich rein. Ich wollte gerade für heute Schluss machen«, erklärte er und führte mich durch die Werkstatt in den Wohnteil, wo er schnurstracks in Richtung der Küche ging. Gefolgt von Hobo, der offenbar meinen guten Eintopf roch. »Erst wollte ich, dass Jack dir die gute Nachricht bringt, aber dann dachte ich, ich sage es dir lieber selbst.«

Er lächelte, und in diesem Moment schien alles andere vergeben und vergessen zu sein. Ich stieß einen stummen Seufzer der Erleichterung aus.

»Kommt Sawyer bald in diese Gegend?«, tastete ich mich vorsichtig heran, um meiner Freude nicht allzu offen Ausdruck zu verleihen.

Trotzdem war er von meiner Reaktion sichtlich enttäuscht, wie ich an seiner gerunzelten Stirn erkannte und an seinem Tonfall, in dem Bitterkeit mitschwang.

»Ich dachte mir, dass du es kaum erwarten kannst, von hier wegzukommen. Sawyer meinte, er könnte in ungefähr zehn Tagen hier sein. So lange wirst du es hoffentlich noch aushalten, oder?«

»Klar.« Nicht dass ich eine Wahl hätte, ich musste froh und dankbar für jedes Angebot sein. »Hat er etwas über die Summe gesagt, die er mir berechnen wird?«

»Ja, hat er«, erwiderte Palmer lakonisch.

»Und?« Voller Nervosität ging ich zum anderen Ende des Küchentresens und setzte mich auf einen Hocker ihm gegenüber.

Palmer öffnete eine Schublade und nahm Besteck für sein Essen heraus, bevor er sich bequemte, mit der Summe herauszurücken.

Als ich sie hörte, schnappte ich unwillkürlich nach Luft, woraufhin Palmer mit einem Ruck den Kopf hob und mir einen verständnislosen Blick zuwarf.

»Ist das zu viel für dich?«

»Nein, um Himmels willen. Es ist wesentlich weniger, als ich erwartet hatte.«

Ich war so dankbar, dass ich dem Drang widerstehen musste, aufzuspringen und Palmer zu umarmen. In zehn Tagen würde ich Ponder verlassen und nach Seattle zurückkehren, um dort das Leben zu führen, das ich mir wünschte und das ich mir ausgesucht hatte. Alle würden glücklich sein: ich, meine Mutter, meine Verwandten und Freunde, mein künftiger Chef.

Alle, bis auf Palmer, der traurig und allein in Alaska zurückbleiben würde.

Mein Herz wurde schwer bei dem Gedanken, und es würgte mich in der Kehle.

Statt zu essen, schob Palmer die Hände in seine hinteren Hosentaschen. »Was hast wegen deines Jobs bei deinem Chef, diesem Allen, in Erfahrung gebracht?«

»Antoine«, korrigierte ich ihn.

»Richtig, Antoine.«

»Er will mir die Stelle freihalten, wenn ich innerhalb der nächsten zwei Wochen zurück bin. Wenigstens ein Lichtblick in dieser misslichen Lage.«

»Ich habe ihn mal im Internet gecheckt«, sagte Palmer beiläufig. »Er ist ziemlich jung.«

»So jung nun auch nicht mehr. Ungefähr fünfunddreißig, schätze ich.«

Palmer nickte. »Das ist jung. In dem Artikel stand

außerdem, er sei einer der begehrtesten Junggesellen von Seattle.«

Bei diesen Worten hatte ich Mühe, mir ein Grinsen zu verkneifen. Das klang verdammt nach Eifersucht.

»Du kennst ihn persönlich?«

»Was heißt kennen? Ich bin ihm ein paarmal begegnet«, erklärte ich achselzuckend. »Was soll ich sonst noch sagen? Er ist ein toller Koch und gilt als aufgehender Stern. Als Mensch hingegen dürfte er eher schwierig sein, exzentrisch und egozentrisch wie alle Genies. Egal, ich lerne bei ihm hoffentlich eine Menge, und zudem kann ich mit schwierigen Typen ganz gut umgehen.«

»Verstehe«, erwiderte Palmer zögernd.

»Ich denke, die Zusammenarbeit mit ihm wird mir für mein berufliches Fortkommen sehr nützlich sein«, fügte ich hinzu. »Keiner will schließlich immer auf einer Stufe stehen bleiben.«

»Genau davor habe ich Angst«, murmelte Palmer.

»Hast du etwas gesagt?«, hakte ich nach, obwohl ich ihn genau verstanden hatte.

»Nicht wirklich«, wich er aus. »Ich freue mich für dich, dass er dir den Job freihält, Josie.«

»Danke, das ist lieb von dir.«

Die Unterhaltung verebbte, ich wusste dem Gesagten nichts mehr hinzuzufügen, und Palmer schien ebenfalls keine Fragen mehr zu haben, sodass es für mich keinen Grund gab, noch länger zu bleiben. Langsam rutschte ich von meinem Hocker und bewegte mich noch langsamer in Richtung Tür.

»Ich schätze, dass ich jetzt besser zur Lodge zurückgehen sollte.«

Palmer schob die Schüssel mit dem Schmorfleisch zur Seite, aus der er erst ein bisschen gegessen hatte.

»Hobo und ich werden dich begleiten.«

»Das ist wirklich nicht nötig«, wehrte ich ab. »Den Weg kenne ich schließlich im Schlaf, kein Problem also.«

»Ich möchte es aber.«

Da jede weitere Diskussion mir müßig zu sein schien, willigte ich ein und freute mich, um ehrlich zu sein, sogar über seine Gesellschaft.

Nachdem er sich seine Jacke angezogen und eine richtig große Taschenlampe aus einer Schublade genommen hatte, spazierten wir Seite an Seite durch die undurchdringliche Dunkelheit. Die Nacht war klar und der Himmel ein einziges Sternenmeer. Diesen Anblick würde ich vermissen, den bekam man in der Zivilisation mit ihren hell beleuchteten Städten nicht zu sehen. Dort war selbst in klaren Nächten lediglich ein Bruchteil der Sterne sichtbar wie hier im einsamen hohen Norden. Ich hatte andere von diesem unvergleichlichen Naturschauspiel schwärmen hören, und es hatte ein wenig meine Entscheidung beeinflusst, mich für den Sommerjob in Alaska zu bewerben.

Wir erreichten die Lodge und stiegen gemeinsam die Verandastufen hoch. Gerade wollte ich mich bei ihm für seine Begleitung bedanken und die Tür öffnen, als er mich an den Schultern fasste und zu sich drehte. Lange schauten wir uns einfach an, und ich sah in seinen Augen Wärme, Fürsorge und Liebe.

Ich weiß nicht, wer den ersten Schritt gemacht hat, jedenfalls lag ich in seinen Armen, und ehe ich begriff, was hier geschah, umklammerte ich seinen Hals, und wir küssten uns, als müsste ich ihn in den Krieg ziehen lassen. Die Hitze, das Verlangen und die Leidenschaft gingen weit über das hinaus, was wir bislang miteinander geteilt hatten.

Als wir uns voneinander lösten, rangen wir beide so heftig nach Atem, als wäre uns für ein paar Minuten die Luftzufuhr abgeschnitten worden. Ich legte eine Hand auf mein Herz, trat einen Schritt zurück und sah Palmer an, der genauso benommen wirkte, wie ich mich fühlte.

»Wow«, flüsterte ich, während er sich anschickte, die Stufen hinunterzusteigen.

»Palmer«, rief ich ihm nach.

Er blieb am Fuß der Treppe stehen und drehte sich zu mir um.

»Was hatte dieser Kuss zu bedeuten?«, fragte ich und erwartete eine Klarstellung, da ich sie nicht zu geben vermochte.

»Weiß nicht«, entgegnete er. »Schätzungsweise

wollte ich, dass du dich an mich erinnerst, wenn du diesen Allen wiedersiehst.«

»Antoine.«

»Wie auch immer«, brummte er, als er sich auf den Rückweg zu seinem Haus machte.

6. Kapitel

Josie

Ich verbrachte eine schlaflose Nacht, weil meine Gedanken unablässig um Palmer kreisten. Kein Wunder nach unserer Küsserei beim Abschied. Er küsste verteufelt gut. So gut, dass ich süchtig nach seinen Küssen war. Mit ein Grund, warum ich ihn und unsere Zeit in Ponder nicht so einfach vergessen würde. Während ich mich von einer Seite auf die andere wälzte, stellte ich mir eine Frage, der ich bislang konsequent ausgewichen war:

Wollte ich ihn überhaupt vergessen?

Die Antwort fiel nicht so aus, wie ich es mir gewünscht hätte. Widerwillig musste ich mir eingestehen, dass ich ihn nicht vergessen wollte. Was allerdings nichts an meiner Überzeugung änderte, dass es schwachsinnig wäre, hier bei ihm in der Wildnis zu bleiben.

Egal was ich für ihn empfand, ich musste und wollte nach Seattle zurück. Immerhin wartete dort ein toller

Job auf mich, eine Chance, auf die ich hart hingearbeitet hatte, verdammt hart. Es machte einfach keinen Sinn, das alles aufzugeben, nur um in einem winzigen Ort zu leben, wo meine Ausbildung, mein Talent und meine Leidenschaft fürs Kochen im Grunde genommen verschwendet wären.

Statt weiter in die Geheimnisse der Gourmetküche einzudringen, würde ich deftige Eintöpfe für hartgesottene Naturburschen von Jacks Schlag zubereiten. Ich hatte ja in den sechs Monaten erlebt, welche Art von Essen gefragt war. Und das war auch ganz okay, aber ich kannte mich gut genug, um zu wissen, dass mich das bald langweilen würde. Insofern zog ich es unverändert vor, auf meinen Verstand zu hören und mir von meinem Herzen nicht irgendwelche Schwachheiten einreden zu lassen, die auf Dauer sowieso keinen Bestand hätten.

Zwischen kurzen, unruhigen Schlafphasen wachte ich immer wieder auf, fühlte mich erschöpft und gereizt und ärgerte mich unfairerweise über Palmer, der mich in diese furchtbare Zwickmühle gebracht hatte. Erneut gab ich ihm für alles die Schuld und wünschte mir eine neutrale Person, mit der ich über meine Gefühle sprechen konnte.

Doch da war niemand außer Jack, und das machte keinen Sinn, denn der alte Goldsucher war zum einen ein sehr schlichtes Gemüt und zum anderen parteiisch. Was er mir vorschlagen würde, war klar. Er wollte mich als Jacks Ehefrau und seine Köchin in Ponder festhalten.

Es war aussichtslos. Wäre ich bloß mit der Fähre weggekommen, dann hätte ich diese Probleme nicht und würde mit Glück meine Zeit in Ponder und meine Gefühle für Palmer inzwischen von einer anderen Warte aus betrachten. Diese außerplanmäßige Verlängerung meines Aufenthalts hatte alles unnötig komplizierter gemacht.

Missmutig wälzte ich mich irgendwann aus dem Bett, zog mich an und ging, während ich meinen Morgenkaffee trank, meine begrenzten Möglichkeiten durch. Dabei schoss mir wie aus heiterem Himmel Jacks lächerliche Behauptung, mein Unterbewusstsein habe mich das Schiff absichtlich verpassen lassen, durch den Kopf. War da möglicherweise was dran? Nein, diesen Gedanken ließ ich lieber gar nicht erst an mich heran und redete mir ein, dass ich die feste Absicht gehabt hätte, an Bord dieser Fähre zu gehen.

Lauter Irrungen und Wirrungen. Niemanden traf eine Schuld und zugleich jeden. Palmer wegen seines Antrags in letzter Minute. Marianne Brewster, weil sie davon ausgegangen war, dass ich meine Meinung geändert hatte. Und natürlich mich, weil ich die falsche Weckzeit eingestellt und vergessen hatte, mein Gepäck in die Lobby zu bringen.

Während ich überwiegend trübe Gedanken wälzte, fiel mir plötzlich ein Lichtblick ein. Angie Wilkerson, von der Jack gesprochen hatte und die mit ihrer Familie den Winter in Ponder verbrachte. Mit einer anderen Frau zu reden war genau das, was ich jetzt brauchte. Ich wartete bis zum späten Morgen, zog meine wärmsten Sachen an und machte mich auf den Weg zu ihrem Haus.

Der zehnminütige Fußmarsch führte mich mitten durch Ponder, vorbei an der Kneipe neben der Baptistenkirche und einem Laden auf der anderen Straßenseite, der im Winter geschlossen war. Im Sommer konnte man dort alles kaufen, was man so brauchte. Im Grunde waren es mehrere Läden unter einem Dach: ein normaler Supermarkt, eine Apotheke, eine Spirituosenhandlung, eine Postfiliale mit einem Bankschalter und andere mehr. Er wurde seit Jahren von einer Familie Terry betrieben, die den Winter über in Texas verbrachte und wie die Brewsters erst im Frühjahr zurückkehrte, kurz bevor die Touristen anrückten, mit denen sie ihren Lebensunterhalt verdienten.

Außer der Kneipe neben der Baptistenkirche existierte noch eine zweite neben der Methodistenkirche, die allerdings im Winter ohne ihren Hirten war. Pastor Gene, ein Pfarrer im Ruhestand, wurde während der Saison an den Wochenenden für die Gottesdienste eingeflogen. Im Oktober war dann Schluss, für die Zurückgebliebenen lohnte sich der Aufwand offenbar nicht. Ich kannte den Pfarrer nicht von den Gottesdiensten, zu diesen Zeiten hatte ich arbeiten müssen, sondern weil er in der Lodge wohnte und dort seine Mahlzeiten einnahm.

Was hatte Ponder sonst noch zu bieten? Eine Art private Leihbücherei, die von Lilly Appleton betrieben wurde. Ihr gesamtes Wohnzimmer war mit Bücherregalen vollgestopft. Früher war sie das ganze Jahr über geblieben, aber seit sie älter geworden und überdies verwitwet war, zog sie es vor, die Winter in Fairbanks zu verbringen.

Ich ging in der beißenden Kälte weiter, bis ich das Haus der Wilkersons erreichte. Angie öffnete die Tür und begrüßte mich mit einem strahlenden Lächeln.

»Komm rein«, sagte sie, nahm mich am Arm und führte mich in die Wärme des Hauses, wo schon eine Kanne Tee auf dem Tisch bereitstand.

Angie war eine große, schlanke Frau mit langen dunklen Haaren, die ihr in einem dicken Zopf über den Rücken fielen. Zwei ungefähr vier und fünf Jahre alte Jungen saßen von Legosteinen umgeben auf dem Boden und schienen einen Wolkenkratzer zu bauen. Sie waren so auf ihre Tätigkeit konzentriert, dass sie kaum Notiz von mir nahmen.

»Ich war überrascht zu hören, dass du die Fähre verpasst hast«, eröffnete Angie das Gespräch. »Du musst ja völlig außer dir gewesen sein.«

»Kannst du laut sagen. Zum Glück kennt Palmer

jemanden, der mich in ein paar Tagen nach Fairbanks fliegen wird.«

Meine Gastgeberin hielt mit dem Einschenken des Tees inne und blickte auf. »Sawyer O'Halloran?«

»Du kennst ihn?«

»Jeder hier oben weiß, wer Sawyer ist. Ich wundere mich lediglich, dass Palmer es wirklich getan hat«, fügte sie in einem ungläubigen Tonfall hinzu. »Ich meine, dass er tatsächlich dafür gesorgt hat, dass du von hier wegkommst.«

»Warum wundert dich das?«, erkundigte ich mich ziemlich irritiert.

»Jeden wundert das, so verrückt, wie er nach dir ist«, erklärte sie.

Das Gespräch begann unangenehm zu werden.

»Na ja, möglich, doch was mich betrifft, so findet mein Leben in Seattle statt, zumal ich dort gerade einen tollen Job ergattert habe.«

Angie seufzte. »Ich gebe zu, dass deine Entscheidung, uns zu verlassen, eine Enttäuschung für mich ist, aber das ist natürlich egoistisch. Leider wohnen hier im Winter so wenige Frauen, dass wir eine Verstärkung gut hätten gebrauchen können.«

»Ich war ziemlich verwundert, als ich gehört habe, dass du hierbleibst. Mit Kindern«, erwiderte ich. »Ist das nicht ein hartes Leben in diesem Nirgendwo, wo es keinerlei Zerstreuungen gibt und man nicht so einfach was kaufen kann?«

Angie griff nach ihrem Becher und stützte die Ellbogen auf die Tischplatte aus Eichenholz.

»Einerseits ja, andererseits nein. Ich vermisse alle, die nach der Saison abreisen, werde aber dadurch entschädigt, dass es hier während der Wintermonate wunderschön ist. Anfangs wusste ich das nicht zu würdigen, jetzt schon.«

Unwillkürlich erinnerte ich mich daran, wie ich mit Palmer die Sterne und Polarlichter beobachtet hatte. So verrückt das klingen mag: Man kann sie nicht nur sehen, sondern auch hören, denn sie verursachen knisternde Geräusche.

Desgleichen fiel mir der Polarfuchs ein, den ich durch den Schnee hatte streifen sehen. Und die Kiefern, deren Äste von dem Gewicht des Schnees nach unten gedrückt wurden und aussahen wie ein Bild auf einer Weihnachtspostkarte. Die Schönheit der Natur war allgegenwärtig. Ich hatte das bislang ignoriert, doch wenn ich darüber nachdachte, konnte ich Angie bloß zustimmen.

»Und die Einsamkeit, dieses Isoliertsein von der Außenwelt, stört dich das überhaupt nicht?«, hakte ich nach und nahm einen Schluck Tee, eine köstliche Mischung aus Orange und Gewürzen.

»Anfangs war es so, bis Mason und Oliver zur Welt kamen.«

Ich blickte zu den beiden Jungs hinüber. Der Legoturm war mittlerweile so groß, dass er sich gefährlich nach links neigte und umkippte. Oliver kicherte entzückt.

»Mason, hilf deinem Bruder, die Legos wieder in die Kiste zu tun«, wies Angie ihren älteren Sohn an.

»Bekomme ich dann ein Plätzchen?«, erkundigte der Junge sich, bevor er Anstalten machte, der Aufforderung seiner Mutter zu folgen.

»Nachdem ihr aufgeräumt habt, gibt es zur Belohnung Plätzchen.«

»Wie habt ihr euch eigentlich kennengelernt, Steve und du?«, fragte ich, nachdem die Diskussion zwischen Mutter und Sohn beendet war.

Von Jack wusste ich lediglich, dass Angies Mann für eine Firma arbeitete, die Pipelines baute und wartete.

»Das war in Fairbanks«, begann Angie. »Ich hatte einen lukrativen Sommerjob in der Fischindustrie vor Anchorage angenommen, um mein Stipendium aufzustocken. Gegen Ende der Saison kam meiner Freundin und mir die Idee, über den nördlichen Polarkreis hinauszureisen. Also fuhren wir mit dem Zug von Anchorage über Denali nach Fairbanks, wo wir einen Buschpiloten anheuern wollten.«

»Und da bist du Steve begegnet?«

»Ja. Ich war auf dem Flugplatz, sprach mit einem der Piloten und erkundigte mich, was ein Flug nach Bettles kosten würde. Ich hatte von dieser kleinen Stadt gelesen, dort eine Lodge gefunden und ein Zimmer für eine Nacht gebucht.«

»Nach Bettles gibt es keine Straßen, richtig?«

»Keine einzige.«

Ich nickte. Genau wie hier, mit dem einzigen Unterschied, dass Ponder unterhalb und nicht oberhalb des Polarkreises, also weniger nördlich lag.

»Steve suchte einen Piloten, der ihn nach Ponder zurückbringen sollte. Wir kamen ins Gespräch, er lud mich zum Dinner ein, und ich nahm an. Beide hatten wir für den nächsten Morgen Flüge: ich nach Bettles und er nach Ponder. Meine Freundin hatte mit einem der Buschpiloten auf dem Flughafen angebändelt und ihr eigenes Date.« Sie legte eine Pause ein, um einen Schluck Tee zu trinken. »Steve und ich gingen essen, und man könnte wohl sagen, dass es sofort gefunkt hat. Wir redeten, bis das Restaurant schloss. Er war der interessanteste und liebenswerteste Mann, dem ich je begegnet war. Mit ihm passte einfach alles. Ich weiß nicht, wie ich es anders ausdrücken soll.«

»Und wie ging es dann weiter?«, hakte ich mit unverhohlener Neugier nach, da die Ausgangssituation der beiden mich stark an meine eigene erinnerte.

»Nach unserem Dinner cancelte ich meinen Trip nach Bettles und Steve seinen Rückflug nach Ponder, und wir blieben in Fairbanks, verbrachten jede Minute zusammen und waren kreuzunglücklich, als ich drei Tage später nach Oregon zurückmusste. Ich wollte nicht abreisen, und Steve wollte mich nicht gehen lassen, aber ich musste aufs College zurück.«

»Trotzdem seid ihr in Verbindung geblieben?«

Angie nickte. »Wir haben monatelang jeden Tag miteinander telefoniert.«

Mason zupfte an ihrem Ärmel, Oliver stand erwartungsvoll neben ihm.

»Wir sind fertig, Mummy. Können wir jetzt unsere Plätzchen haben?«

Angie beugte sich vor und küsste beide auf den Scheitel, bevor sie sich aufrichtete und eine Keksdose öffnete, um jedem ihrer Söhne ein selbst gebackenes Plätzchen zu geben, woraufhin sie aus der Küche ins Wohnzimmer zurückrannten.

»Ich lese Oliver jetzt vor«, rief Mason seiner Mutter zu.

»Mason hat seine Lieblingsbücher auswendig gelernt«, erklärte Angie. »Er fängt gerade an, selbst zu lesen. Erstaunlich, wie gescheit er ist. Oliver genauso. Und das ohne reguläre Schule.«

Als ich die beiden Jungs beobachtete, zog sich mein Herz zusammen, und ich wünschte mir, eines Tages eine eigene Familie zu haben.

»Okay.« Angie seufzte. »Zurück zu unserer Geschichte. Ich absolvierte mein letztes Jahr auf dem College und schmiedete Pläne, wie mein Leben weitergehen sollte. Steve zu heiraten und nach Ponder zu ziehen gehörte nicht zu meinen Optionen.«

»Geht mir derzeit genauso«, stimmte ich zu. »Und was hat dich bewogen, deine Meinung zu ändern?«

»Nicht was. Wer. Es war Steve. So jemanden wie ihn hatte ich nie zuvor kennengelernt. Einen Mann, der so unabhängig, stark und zupackend war. Ich musste ständig an ihn denken. Mit dem Ergebnis, dass meine Noten schlechter wurden und meine Eltern sich Sorgen zu machen begannen. Sie fürchteten, ich würde meinen Abschluss nicht schaffen. Nicht zu Unrecht, denn trotz der räumlichen Entfernung oder vielleicht gerade deswegen, war ich in Gedanken ständig bei Steve, schrieb ihm oder führte lange Telefongespräche mit ihm. Ich ließ alles schleifen, lebte von einem Anruf zum nächsten und checkte ständig meine E-Mails. Während dieser Zeit befand ich mich in einem gefühlsmäßigen Aufruhr, einen Tag himmelhochjauchzend, am nächsten zu Tode betrübt.«

»Hast du deinen Abschluss trotzdem gemacht?«

»Ja, habe ich. Am Ende raffte ich mich noch mal auf, sodass ich mein Diplom schaffte. Steve hatte versprochen, zu der Abschlussfeier zu kommen – er kam mit einem Verlobungsring. Ehe er mir den Antrag machte, redete er, ganz alte Schule, mit meinen Eltern und bat sie um ihre Zustimmung.« Ein verträumter Ausdruck trat in Angies Augen. »Ich hatte ihn seit dem Tag meiner Abreise aus Fairbanks nicht mehr gesehen und wusste nicht, was ich bei unserem Wiedersehen empfinden würde. Aber weißt du, was verrückt ist?«

Ich schüttelte den Kopf, hatte keine Ahnung, worauf sie hinauswollte.

»Es war, als wäre überhaupt keine Zeit vergangen. In dem Moment, als ich ihn wiedersah, wusste ich, dass das der Mann war, den ich für den Rest meines Lebens lieben würde und mit dem ich zusammen sein wollte.«

Als ich zu einem Protest ansetzen wollte, schnitt sie mir das Wort ab.

»Lass es, ich weiß, was du sagen willst, weil meine Mutter genau dasselbe einwandte. Sie meinte, ich hätte wohl den Verstand verloren, meine Ausbildung so einfach wegzuwerfen, um in einem gottverlassenen Kaff in Alaska zu versauern.«

Zugegebenermaßen hatten sich meine Gedanken in dieselbe Richtung bewegt. Immerhin hatte Angie vier Jahre lang auf ihren Collegeabschluss hingearbeitet, kein Wunder also, dass ihre Familie nicht begeistert war.

»Was war dein Hauptfach?«

»Englische Literatur. Alle gingen davon aus, dass ich nach dem Abschluss Lehrerin würde. Mit Recht, denn das war eigentlich mein Berufswunsch. Ich liebe Romane, Gedichte, Dramen und wollte das den jungen Leuten vermitteln.«

»Und diesbezüglich hast du hier keine Möglichkeit, oder?«

»Außer in Fairbanks. Ich kann mein Bedürfnis, Kindern etwas beizubringen, lediglich an meinen Söhnen austoben, die ich selbst unterrichte. Für beide habe ich Lehrpläne, nach denen ich vorgehe. Vorerst ist es natürlich weniger englische Literatur, sondern mehr das Einmaleins und das ABC. Der Unterricht wird online gesteuert, wie fast alles hier am Ende der Welt.«

»Na ja, ein bisschen nutzt du deine Ausbildung immerhin.«

Sie lächelte und beugte sich verschwörerisch zu mir hinüber.

»Ich nutze meine Ausbildung noch ganz anders. Indem ich Romane schreibe, und zwar unter meinem Mädchennamen Angela Wellington.«

»Angela Wellington?«, wiederholte ich leise, und plötzlich machte es Klick in meinem Kopf. »Ich kenne dich. Du schreibst historische Romane, zwei deiner Bücher habe ich sogar gelesen.«

»Das Witzige an der Geschichte ist, dass ich eine Schriftstellerkarriere nie in Betracht gezogen hätte, wenn ich nicht mit Steve verheiratet wäre und in Ponder leben würde. Du siehst, das Leben in der Wildnis kann unerwartete Dinge auslösen.«

»Wie genau bist du auf die Idee gekommen, dich an das Schreiben von Romanen zu wagen?«

»Das ist einfach so passiert. In dem ersten Winter, den Steve und ich in Ponder verbrachten, habe ich viel gelesen, wurde von einem der Bücher inspiriert und wünschte, es gäbe eine Fortsetzung. Als ich dann mit Mason schwanger war, schlug Steve mir vor, selbst etwas zu schreiben. Ich glaube, niemand war überraschter als ich, als ein Verleger mein Manuskript annahm. So läuft das normalerweise nicht. Viele Schriftsteller reichen jahrelang Manuskripte ein, bevor sie eines an den Mann bringen. Ich hingegen hatte das ungeheure Glück, dass mein Erstling gleich angenommen wurde. Eine meiner Schriftstellerfreundinnen meinte damals, das sei einfach nicht fair, ich hätte länger leiden müssen!« Sie lachte. »Ich habe in den letzten vier Jahren drei Bücher geschrieben und arbeite jetzt an meinem vierten. Seit die Kinder mich mehr fordern, ist es schwieriger geworden, Zeit zum Schreiben zu finden. Deshalb schreibe ich regelmäßig während ihres Mittagsschläfchens und früh am Morgen, bevor sie wach werden. Die Tage gehören ihnen, das ist wichtig. Neben meinem Mann sind die beiden Jungs mein Ein und Alles.«

»Ich hatte keine Ahnung, dass du Schriftstellerin bist. Ist das hier in Ponder unbekannt?«

»Sagen wir es so, ich gehe nicht damit hausieren. Das Schreiben an sich macht mir großen Spaß, auch ohne dass ich dauernd darauf angesprochen werde. Außerdem ist die Auswahl an Gesprächspartnern hier ziemlich beschränkt.« Sie sah einen Moment zur Seite, bevor sie mich wieder direkt anblickte. »Schon aus diesem Grund hatte ich gehofft, du würdest bleiben, jemanden, mit dem man sich richtig austauschen kann, sucht man in dieser Einsamkeit vergebens.«

»Ich glaube nicht, dass ich auf Dauer hier leben könnte, Angie«, gestand ich. »Ich habe immer in Seattle gewohnt und bin an das Leben in der Großstadt gewöhnt. In Ponder gibt es so wenig.«

»Es gibt Palmer«, widersprach sie. »Ich habe ihn nie glücklicher gesehen als in den vergangenen sechs Monaten. Seit du hier bist, ist er ein ganz anderer Mensch geworden. Außerdem habe ich das Gefühl, dass du ihn trotz all deiner Bedenken und Einwände liebst, oder sehe ich das falsch?«

»Nein, wenigstens nicht ganz«, wand ich mich. »Nur wartet in Seattle ein Job auf mich, für den ich bereits einen Vertrag unterschrieben habe.«

»Dann geh, mach es wie ich. Erledige das, was du glaubst tun zu müssen. Du brauchst Zeit für dich, um eine definitive Entscheidung treffen zu können. Falls das mit dir und Palmer etwas wirklich Ernstes ist, wirst du es irgendwann spüren. Das ist keine Entscheidung, die du in dieser Minute treffen musst. Ein bisschen Abstand voneinander schadet keinem von euch.«

Angie sprach mir aus dem Herzen, obwohl sie vom Verstand her argumentierte. Genau das hatte ich gebraucht. Im Grunde war es der Mittelweg, den sie mir vorschlug und den ich bislang vergeblich gesucht hatte. Zwar musste ich eine wichtige Entscheidung treffen, aber nicht sofort. Damit sollten wir beide leben können. Palmer ebenso wie ich. Immerhin schien er begriffen zu haben, wie wichtig für mich eine Rückkehr nach Seattle war. Ungeachtet meiner Gefühle für ihn. Nicht er setzte mich unter Druck, das besorgte ich ganz alleine.

Angie hatte recht. Wieder zu Hause, würde ich mir besser darüber klar werden, was das Beste für uns beide war. Ein Problem allerdings ließ sich nicht so ohne Weiteres aus der Welt räumen, und das waren meine beruflichen Ambitionen. Seit ich denken konnte, hatte ich davon geträumt, eines Tages Küchenchefin in einem renommierten Restaurant zu sein. Ein Traum, der gar nicht mehr völlig aus der Welt zu sein schien, zumindest waren die Weichen in die richtige Richtung gestellt. Ich war nicht sicher, ob ich das alles aufgeben konnte, zumal ich im Gegensatz zu Angie in Ponder kaum eine Nische finden würde, um meine Talente und Neigungen zu nutzen. Was sollte eine Spitzenköchin hier denn anfangen?

Der Rest des Morgens verging wie im Flug. Mir kam es so vor, als hätten wir höchstens ein paar Minuten miteinander geplaudert, als Angie nach einem Blick auf die Uhr meinte, sie müsse die Kinder jetzt abfüttern und anschließend schlafen legen. Also umarmte ich sie zum Abschied und machte mich auf den Rückweg zur Lodge.

Unterwegs traf ich Jack. »Wie ich sehe, hast du Angie besucht«, stellte er fest, während er neben mir herging.

Ich wollte mich gerade bei ihm dafür bedanken, dass er mir den Tipp gegeben hatte, sie zu besuchen, als er zu seinem liebsten Thema wechselte.

»Was gibt es zum Lunch?«

»Von dem Karibuschmortopf ist noch jede Menge übrig«, erwiderte ich. »Ich wollte ihn für dich einfrieren, doch du kannst genauso gut noch was davon essen. Im Übrigen geht es nicht so weiter, dass ich ständig in der Küche der Brewsters für dich koche.«

»Sehe ich genauso«, stimmte er zu meiner Überraschung zu. »Ich denke, du solltest besser zum Kochen in meine Hütte kommen. Du musst essen, ich muss essen. Was hältst du von einem Deal: Ich stelle dir alles an Lebensmitteln zur Verfügung, was du brauchst, und du bereitest mir daraus eine leckere Mahlzeit zu.«

Da ich nicht wusste, in was für einem Zustand sich seine Küche befand, zögerte ich und musterte ihn misstrauisch.

»Wo liegt das Problem?«, murrte er. »Für mich klingt der Vorschlag ziemlich fair. Sehr fair sogar, würde ich mal behaupten.«

»Zeig mir zuerst deine Küche.«

»Kein Problem. Du kannst gleich mitkommen. Für heute Abend dachte ich an Spaghetti mit Elchfleisch. Wäre das recht? Sonst suchst du dir was anderes aus meiner Gefriertruhe aus. Da findet sich genug zum Auswählen, Wild und Fisch, Gemüse und Früchte.«

»Hast du möglicherweise ebenfalls gutes altes Rindfleisch?«

»Nee, kenne ich höchstens vom Hörensagen. Bislang habe ich in dieser Gegend noch nie ein Rind gesehen. Würde es mit Genuss verspeisen, wenn es eines gäbe. Kommst du nun oder nicht?«

Ich nickte und folgte ihm, der Mann setzte seinen Kopf wirklich auf Biegen und Brechen durch. Beim Anblick seiner Behausung allerdings war ich angenehm überrascht, wie ordentlich alles war und wie sauber und gut ausgestattet die Küche wirkte. Das hätte ich bei einem wie ihm nicht unbedingt erwartet.

»Warum siehst du so schockiert aus?«, erkundigte er sich argwöhnisch.

»Weil ich es einfach nicht fassen kann, was ich hier sehe«, witzelte ich und rollte die Ärmel hoch.

Für einen Mann zu kochen, der gutes Essen zu schätzen wusste, war zugegebenermaßen ein Vergnügen, und so verbrachten wir einen schönen Abend miteinander, der kauzige Alte und ich.

7. Kapitel

Palmer

In der Stahlklinge des Bürgerkriegsschwerts, die ich so sorgfältig geschmiedet hatte, war ein Sprung entstanden. Mir entfuhr ein Stöhnen, als ich ihn entdeckte. Es ärgerte mich maßlos, immerhin hatte ich wochenlang an diesem Prachtstück gearbeitet und sogar bereits auf Hochglanz poliert, und nun das. Wie es aussah, würde ich jetzt mit der Klinge noch einmal ganz von vorne anfangen müssen. Dabei hatte ich diesen Auftrag lange vor Weihnachten abschließen wollen, was ich mir vermutlich endgültig abschminken konnte.

Josie war schuld, ganz klar.

Sie spazierte ständig durch meine Gedanken, sodass es mir schwerfiel, mich auf etwas anderes zu konzentrieren. Und dann passierte einem eben ein solches Missgeschick. Hinzu kam, dass ich mir online diesen Antoine angesehen hatte, wie er sich nannte, und seitdem wurde ich von Zweifeln geplagt. Der Typ hatte einfach alles. Er war erfolgreich mit seinen Restaurants, sah gut aus, hatte vermutlich eine Menge Kohle und war zu allem Überfluss auch noch Single.

Wie sollte ich da mithalten können? Ich, ein bescheidener Handwerker aus der Wildnis, ungeschliffen und kein bisschen weltgewandt. Mehr als alles andere fürchtete ich, dass Josie sich in ihn verliebte, wenn sie tagein, tagaus mit ihm eng zusammenarbeitete. Nichts, was man ihr vorwerfen könnte, es wäre sogar ganz natürlich zwischen zwei Menschen mit gemeinsamen Interessen. Verrückt war, mir so was auszumalen und eifersüchtig auf einen Mann zu sein, dem ich nie begegnet war und dem ich hoffentlich nie begegnen würde.

Nachdem die Sache mit der Fähre passiert war, hatte Josie sich schrecklich aufgeregt und mir die Schuld in die Schuhe geschoben. Weil ich sie mit meinem Heiratsantrag völlig durcheinandergebracht hätte. Obwohl es natürlich totaler Blödsinn war, fühlte ich mich irgendwie verpflichtet, alles in meiner Macht Stehende zu tun, damit sie nach Seattle zurückkam. Wenn man jemanden liebte, durfte man ihn nicht daran hindern, seine Chancen zu nutzen.

Was ich allerdings nicht in Betracht gezogen hatte, war dieser Küchenchef, und das machte mir ganz schön zu schaffen. Bis ich mir irgendwann sagte, dass sie ohnehin nicht die Richtige für mich wäre, wenn sie sich in einen Typen wie diesen eitlen Superman verliebte. Dennoch wollte ich die Verbindung zu ihr nach Möglichkeit aufrechterhalten und abwarten.

Der einzige Lichtblick war, dass Josie Angie besucht hatte, wie ich von Jack wusste. Steve und ich waren langjährige Freunde. Ich erinnerte mich noch gut daran, wie er seine Frau kennengelernt hatte und wie verrückt er nach ihr gewesen war. Sie hatten sich gerade mal ein paar Tage gekannt, als Angie nach Oregon zurückmusste, um ihr letztes Collegejahr hinter sich zu bringen. Steve war in Ponder geblieben und konnte nichts anderes tun, als abzuwarten. Sie hatten jeden Tag miteinander telefoniert und sich E-Mails geschrieben, und genau das würde ich ebenfalls tun, wenn Josie wieder in Seattle war. Damit sie sich innerlich nicht zu weit von mir entfernte. Ich gab uns beide jedenfalls nicht auf, noch lange nicht.

Dann, eines Tages, passierte etwas, womit ich kaum mehr gerechnet hatte.

Hobo hatte mich bei meiner Arbeit gestört, weil er ins Freie wollte. Also zog ich meine Jacke an und schlug den Weg in den Ort ein. Der harte Schnee knirschte unter meinen Füßen.

Als ich am Haus von Steve und Angie vorbeikam, sah ich Josie, die mit dem kleinen Oliver ausgelassen im Schnee herumtobte. Ich konnte nicht anders, als stehen zu bleiben und ihr zuzusehen. Der Anblick faszinierte mich, und unwillkürlich malte ich mir aus, wie sie eines Tages mit unserem Kind so spielen würde.

Ein Mann durfte schließlich hoffen.

Sie schien meine Gegenwart gespürt zu haben, denn plötzlich schaute sie in meine Richtung und lächelte. Ihr Lächeln ging mir durch und durch, es war, als würde ein heißer Löffel durch eine Schüssel Eiscreme fahren. Dann hob sie die Hand und winkte mir zu, um gleich darauf zusammenzuzucken, weil Oliver sie mit einem Schneeball genau in den Magen getroffen hatte. Nach der ersten Schrecksekunde warf sie jedoch lachend den Kopf in den Nacken und jagte dem kleinen Missetäter hinterher, schnappte ihn sich und wirbelte ihn herum.

Ich glaube nicht, dass ich sie mehr hätte lieben können als in diesem Moment, und mein Herz fühlte sich an, als würde es in meiner Brust schmelzen. In diesem Moment kam mir einmal mehr zum Bewusstsein, wie schmerzlich es sein würde, sie gehen zu lassen. Viel Zeit blieb mir nicht mehr bis dahin, umso mehr musste ich die verbleibenden Tage nutzen.

Hobo bellte, als er Josie und Oliver entdeckte, und lief ihnen nach. Ich folgte ihm zögernd, wusste nicht so recht, wie ich mich ihr gegenüber verhalten sollte. Vor allem durfte ich mir keinen weiteren Schnitzer wie meinen missglückten Heiratsantrag erlauben, wenn ich nicht meine Chancen ganz verspielen wollte.

»Hey«, brachte ich mühsam heraus und hätte mich

am liebsten geohrfeigt wegen dieser hölzernen Begrüßung.

Als sie mir daraufhin trotzdem ein strahlendes Lächeln schenkte, war es mal wieder um mich geschehen, und ich musste all meine Willenskraft aufbieten, um sie nicht an mich zu ziehen und sie bis zur Besinnungslosigkeit zu küssen.

»Hey«, erwiderte sie.

Ein paar verlegene Minuten lang starrten wir uns bloß schweigend an, bis sie das Wort ergriff und damit das Eis brach.

»Ich koche heute Abend für Jack. Bei ihm. Willst du uns nicht Gesellschaft leisten?«

Nach all den Mahlzeiten, die Jack im Laufe der Zeit bei mir geschnorrt oder einfach mitgenommen hatte, zögerte ich nicht lange.

»Gerne. Wann?«

Sie zuckte die Achseln, als hätte sie über die Uhrzeit noch gar nicht nachgedacht.

»Wir essen, wenn du da bist.«

»Okay.« Warum nur musste sie so völlig unkompliziert sein, dachte ich. Daneben kam ich mir immer vor wie der letzte Stoffel.

»Palmer? Palmer?« Oliver zog mich am Saum meiner Jacke und war schon ein wenig ungeduldig, da ich ihm bislang keine Beachtung geschenkt hatte.

»Ja, Oliver?« Ich kauerte mich vor ihn hin, sodass wir uns auf Augenhöhe befanden.

»Kann Hobo bleiben und mit uns spielen?«

Olivers runde Wangen waren von der Kälte gerötet, und hoffnungsvoll waren seine Augen auf mich gerichtet. Fragend sah ich Josie an.

»Mir ist es recht«, gab sie leise zurück. »Wenn du nichts dagegen hast.«

»Nein, absolut nicht, habt euren Spaß.«

»Soll ich ihn zurückbringen, wenn wir wieder ins Haus gehen?«

»Das wäre nett.«

Wenngleich Hobo den Weg zur Werkstatt problemlos selbst finden würde, lehnte ich ihr Angebot nicht ab. Wäre ja schön blöd von mir, wenn ich mir eine weitere Gelegenheit, sie zu sehen, entgehen lassen würde.

Als Josie daraufhin sacht meine Hand drückte, fühlte mein Herz sich an, als wollte es aus meiner Brust springen. Diese Frau! Wie sollte ich je die Kraft finden, sie gehen zu lassen?

Immerhin war es die richtige Entscheidung gewesen, sie den Hund vorbeibringen zu lassen. Geschlagene drei Stunden vergingen, bevor sie sich verabschiedete, und im Grunde hatten wir mehr Zeit damit verbracht, uns zu küssen, als miteinander zu reden. Entsprechend schwer fiel es mir, an meine Arbeit zurückzukehren. Ich wollte gerade versuchen, die gesprungene Klinge vielleicht zu reparieren, statt gleich eine neue in

Angriff zu nehmen, als meine Werkstatttür geöffnet wurde und Jack eintrat. Er wirkte glücklich und gut gelaunt. Hobo erhob sich von seinem Schlafplatz, um ihn zu begrüßen.

»Ich habe zu tun«, warnte ich ihn. »Also sag, was du willst, und verzieh dich wieder.«

»Hab gesehen, dass Josie hier war.«

»Yup.« Ich ignorierte ihn, so gut es ging, und schürte das Feuer in der Esse.

»Sie sagte, sie habe dich zum Essen eingeladen.«

»Hat sie«, beschied ich ihm kurz und fütterte den Brenner mit Holz.

»In meine Küche.«

»Ja, auch das erwähnte sie.«

»Sie kocht für mich.«

»Weiß ich«, sagte ich leicht genervt, während ich nach einem frischen Stück Stahl suchte.

»Kommst du?«

»Natürlich komme ich. Hör zu, Jack, ich muss jetzt allen Ernstes mit diesem Schwert weitermachen. Wir sehen uns später, okay?«

Ich blickte in der Hoffnung, er würde den Wink mit dem Zaunpfahl verstehen, zur Tür, aber er vergrub die Hände in den Taschen und scharrte mit den Füßen.

»Willst du sie tatsächlich gehen lassen?«

»Mir bleibt gar nichts anderes übrig, Jack. Ich kann sie ja schließlich nicht kidnappen und sie irgendwo einsperren.«

Seine Augen weiteten sich. »*Du* vielleicht nicht, *ich* dagegen könnte es tun.«

»Also Jack, unter allen absurden Ideen, die du je in deinem Leben hattest, schießt die den Vogel ab …«

»Natürlich würde sie die ersten Tage stinksauer sein, doch sie käme bestimmt schnell darüber hinweg. Sie müsste ja nicht erfahren, dass du an dem Plan beteiligt warst. Ich würde sie nicht fesseln oder so was, sondern sie vielleicht in der Küche einschließen. Die Hände müsste sie frei haben, sonst könnte sie ja kein Essen kochen.«

»Jetzt bist du vollkommen übergeschnappt. Denk nicht mal daran, so etwas Dämliches zu tun. Versprich es mir, Jack. Josie würde dir nie verzeihen und ich dir genauso wenig. Und schlimmer noch, sie würde mir die Schuld daran geben und denken, ich hätte dich angestiftet.«

Niedergeschlagen ließ Jack die Schultern hängen. »Ich habe befürchtet, dass du das sagst.«

»Versprich es mir«, beharrte ich.

»Versprochen«, brummte er und steuerte auf die Tür zu. »Josie sagte, wir essen erst, wenn du da bist. Ich mag mein Dinner nicht zu spät, also lass uns bitte nicht zu lange warten.«

»Ich werde mein Bestes versuchen«, erwiderte ich und musste mich sehr bemühen, mir meine Erheiterung nicht anmerken zu lassen.

Ich arbeitete bis zum späten Nachmittag, bis weit nach Einbruch der Dämmerung, obwohl mir klar war, dass Jack inzwischen vor Ungeduld fast platzte.

Es war Stunden her, seit ich zuletzt etwas gegessen hatte, und ich musste zugeben, dass ich Hunger hatte. Vor einigen Tagen hatte Jack mir einen frischen, noch ofenwarmen Laib Sauerteigbrot gebracht, den Josie gebacken hatte. Die Butter war darauf geschmolzen und in das Brot gesickert, einfach köstlich. Das Beste überhaupt. Ich hatte den ganzen Laib innerhalb kürzester Zeit verschlungen und mir beim Essen ausgemalt, wie Josie in der Küche gestanden, den Teig geknetet und ihn zu Laiben geformt hatte. Eine schöne Vorstellung und ein Bild, das ich gerne in der Realität sehen würde, am liebsten in meiner Küche.

Erst einmal aber musste ich mich auf den Weg zu Jacks Hütte machen, damit der arme Kerl nicht zu lange auf sein Essen warten musste. Bereits an der Tür schlug mir ein verlockender Duft nach Chili entgegen.

Jack, der am Kamin gesessen hatte, sprang augenblicklich auf.

»Das wurde langsam Zeit«, begrüßte er mich vorwurfsvoll. »Mein Magen ist so leer wie ein ausgetrockneter Brunnen. Es war die reinste Folter, auf dich warten zu müssen. Schaust du eigentlich nie auf dein Handy?«

»Mein Handy?«, wiederholte ich.

»Jack hat dir eine Textnachricht geschickt«, erklärte Josie.

»Du weißt, wie man das macht?«, erkundigte ich mich verwundert.

»Josie hat es mir gezeigt, und ich habe dir nicht nur eine Nachricht geschickt, sondern sechs.«

Ich unterdrückte ein Grinsen und entschuldigte mich. »Tut mir leid, dass ich so spät dran bin.«

»Das sollte es weiß Gott. Ich habe dir gesagt, dass ich meine Mahlzeiten gerne früh einnehme.«

Jack setzte sich an den Tisch und hielt sein Besteck in die Höhe, um zu signalisieren, dass man ihm sein Essen servieren möge.

Ich folgte Josie in die Küche. »Brauchst du irgendwelche Hilfe?«

Sie reichte mir eine Platte mit Maisbrot. »Du kannst das auf den Tisch stellen, allerdings nicht in Reichweite von Jack. Er hat schon die halbe Pfanne geleert.«

»Wird gemacht.«

Ich trug die Platte zum Tisch hinüber und stellte sie an das andere Ende, während Josie einen großen Topf Chili auftrug und Jack den Kopf senkte, um die verkürzte Version eines Tischgebets zu sprechen.

»Gute Freunde, gutes Fleisch, guter Gott, guten Appetit.«

Lachend griff ich nach dem Maisbrot, ehe ich es an Josie weiterreichte. Dann ließen wir uns das Essen schmecken, unterhielten uns über lauter witzige Begebenheiten, amüsierten uns und lachten viel. Über alles sprachen wir, über Gott und die Welt, nicht aber über ihren bevorstehenden Weggang.

Nach dem Essen machten wir noch ein Brettspiel, bei dem Jack immer gewann, und dann wurde es langsam Zeit, den Abend zu beenden.

Ich begleitete Josie zur Lodge zurück, wobei wir uns ganz selbstverständlich einhakten. Die ersten paar Minuten gingen wir schweigend nebeneinanderher, bevor wir beide gleichzeitig zu sprechen begannen.

»Du zuerst«, sagte ich lachend.

»Ich wollte dir sagen, wie sehr ich die Zeit heute Nachmittag mit dir genossen habe.«

Der Gedanke an die Küsse, die wir getauscht, und an die Bücher, über die wir diskutiert hatten, erinnerte mich daran, wie leer mein Leben sein würde, wenn sie wieder in Seattle war. Doch ich gestattete mir nicht, meine Trauer darüber zu zeigen.

Stattdessen lächelte ich sie an. »Ich habe es ebenfalls genossen.«

»Heute war ein guter Tag. Übrigens habe ich Angie besucht, und sie hat mir erzählte, wie sie und Steve sich kennengelernt haben und wie sie in Kontakt geblieben sind, nachdem sie ans College zurückmusste.«

»Ja, ich kenne die Geschichte, habe sie damals sogar am Rande miterlebt.«

Josie zögerte. »Was ich sagen wollte: Es muss für

uns nicht das Ende sein, wenn ich nach Seattle zurückgehe.«

Meine Stimmung hob sich. »Hoffentlich nicht, ich zumindest wünsche es mir.«

Sie sah mich an, ihr Gesicht schien im Mondlicht zu leuchten.

»Wir bleiben in Kontakt, oder?«

»Klar tun wir das, sofern du es willst.«

»Sicher. Aber du musst Geduld mit mir haben, falls ich mich nicht immer so regelmäßig melde. Ich werde im Chez Antoine anfangs eine Menge zu tun haben, bis ich eingearbeitet bin.«

»Das Restaurant heißt Chez Antoine?«

Zu meiner Überraschung kicherte Josie.

»Was ist jetzt so komisch?«, erkundigte ich mich.

»Du hast den Namen ausgesprochen, als würdest du an einer Zitrone lutschen. Was ist das mit dir und ihm? Seit du zugegeben hast, online nach ihm gesucht zu haben, benimmst du dich irgendwie merkwürdig.«

Sie hatte recht. Mir war nicht klar gewesen, dass ich mir meine Abneigung und mein Misstrauen gegen den Mann so offen hatte anmerken lassen.

»Na ja, er kann dir mehr bieten, als ich es je könnte.«

»Alles, was er mir anbietet, ist ein Job, Palmer. Tu also nicht so, als hätte ich was mit ihm.«

Noch nicht, meinst du, dachte ich im Stillen.

Als wir uns der Lodge näherten, sah ich Josie an, und unsere Blicke verschränkten sich. Beschienen vom Mondlicht, standen wir schweigend da, und ich war so überwältigt, dass ich kaum mehr zu atmen vermochte.

»Ich reise bald ab«, flüsterte sie, und ein wehmütiger Ton schwang in ihren Worten mit.

»Ja, bereits nächsten Freitag«, erwiderte ich gepresst. »Ich darf gar nicht daran denken.«

Josie drückte sich an mich, und eng umschlungen gingen wir schließlich weiter.

»Ich werde dich furchtbar vermissen«, wisperte sie vor der Haustür, und ihre Stimme drohte zu kippen.

Aus einem Impuls heraus wollte ich sie erneut in die Arme schließen und ihr versichern, dass alles gut werde, als sie sich von mir löste und ins Haus eilte.

Wie vor den Kopf geschlagen blieb ich draußen stehen, während große Schneeflocken vom Himmel zu fallen begannen.

Ich würde sie auch vermissen, ganz fürchterlich sogar.

8. Kapitel

Josie

Die verbleibende Zeit verbrachte ich fast jede freie Minute mit Palmer. Weil er mit seinem Auftrag für das Bürgerkriegsschwert durch die Beschädigung der Klinge in Verzug geraten war, versuchte ich ihn nicht allzu sehr zu beanspruchen. Morgens ließ ich ihn allein. Mittags nahmen wir gemeinsamen den Lunch ein und unterhielten uns noch eine Weile, bevor er erneut an die Arbeit ging.

Zwar hatte ich nicht viel Erfahrung und von daher nicht allzu viele Vergleichsmöglichkeiten, aber ich war noch nie einem Mann begegnet, in dessen Gesellschaft ich mich so wohlfühlte wie in der von Palmer. Jetzt erfuhr ich auch mehr von seinem Leben, von seiner Familie. Sein Vater hatte für eine Militärfirma hundert Meilen nördlich von Fairbanks gearbeitet und in deren Auftrag die ganze Welt bereist – gelebt hatte die Familie in einem kleinen Ort in der Einsamkeit des hohen Nordens. Deshalb waren Palmer und seine

Schwester Alicia immer begeistert gewesen, wenn er ihnen Geschichten aus fernen Ländern erzählt hatte, in denen er gewesen war, wie etwa im Libanon, in Jordanien und in Italien. Im Grunde war er überall gewesen, wo seine Firma militärisches Gerät verkaufte.

Palmer hatte immer gerne in Alaska abseits der größeren Städte gelebt und sich nach einem kurzen Arbeitsaufenthalt auf den Alëuten in Ponder niedergelassen. Seine Eltern wohnten mittlerweile in Anchorage, der Hauptstadt Alaskas, seine zwei Jahre ältere Schwester Alicia, zu der er eine enge Beziehung zu haben schien, wohnte mit ihrer Familie in Fairbanks.

Die Abende hatten wir in seinem Blockhaus verbracht, wo wir lesend am Kamin saßen und zufrieden damit waren, einfach zusammen zu sein. Palmer war ungewöhnlich belesen, und wir diskutierten oft über die Bücher, mit denen wir uns gerade beschäftigten, ohne uns jemals in die Haare zu kriegen. Wer uns nicht kannte, hätte uns für ein altes Ehepaar halten können, das so aufeinander eingespielt war, dass Worte sich erübrigten.

Wenn er mich allerdings nachts zur Lodge zurückbrachte, nahm er mich in die Arme und küsste mich, bis meine Knie weich wurden und ich mich an ihn klammerte. Jede Nacht fiel es mir zunehmend schwerer, ihn allein zu seinem Haus zurückkehren zu lassen.

Natürlich war mir bewusst, dass Palmer sich nach wie vor wünschte, ich würde meine Meinung ändern und in Ponder bleiben, doch er hatte das Thema nie wieder angesprochen, und dafür war ich ihm dankbar. Ehrlich gesagt, wusste ich nämlich nicht, ob ich es über mich bringen würde, ihm ein zweites Mal eine Abfuhr zu erteilen. Außerdem dachte ich selbst nicht gerne an meine bevorstehende Abreise, wenngleich für mich feststand, dass ich gehen musste.

Dennoch war die Versuchung zu bleiben groß. Sehr groß.

Noch aber war die Angst größer, eines Tages, wenn ich nüchtern auf mein Leben zurückblickte, diesen Schritt bitter zu bereuen und mir Vorwürfe zu machen, dass ich vieles, zu vieles, leichtfertig über Bord geworfen hatte. Und ich würde mir ausmalen, was ich alles hätte erreichen können, wenn ich nicht meinen Gefühlen gefolgt wäre. Ein Risiko, dem ich mich nicht aussetzen wollte.

Die letzten Tage, bevor der Buschpilot mich abholen würde, verflogen viel zu schnell, vergingen praktisch wie im Nu. Ich hatte begonnen, sie auf dem Kalender in meinem Zimmer abzuhaken, inzwischen nicht mehr erwartungsvoll, sondern eher traurig. Meine Koffer waren wieder gepackt und die Schubladen leer geräumt, der Flug von Fairbanks nach Seattle war gebucht. Und zu Hause zählte meine Mutter bestimmt schon die Stunden, bis sie mich wieder in die Arme schließen konnte.

Meine eigenen Gefühle hingegen waren mehr als gemischt. Mal freute ich mich schrecklich auf die Rückkehr nach Seattle, mal kamen mir beinahe die Tränen bei dem Gedanken, Ponder verlassen zu müssen. In der einen Minute war ich überzeugt, Palmer nicht aufgeben zu können, in der nächsten war ich fest entschlossen, in eine Zukunft ohne ihn zu starten.

Anlässlich meines letzten Abends hatten Angie und Steve zu einem Abschiedsdinner eingeladen. Außer Palmer und mir würde noch Jack anwesend sein. Meine Stimmung war alles andere als festlich, sondern eher gedrückt, und ich schniefte bereits, als ich die Tür der Lodge hinter mir schloss. Eine tolle Voraussetzung, wenn man den Abend überstehen musste, ohne bei jeder Gelegenheit in Tränen auszubrechen.

Palmer wartete auf der Veranda auf mich, stapfte dort mit geballten Fäusten auf und ab. Abrupt hielt er inne, fuhr herum und sah mich düster an.

»Bist du so weit?«

»Palmer, ist alles in Ordnung?«

Geräuschvoll stieß er den Atem aus und nickte bedächtig. Seine undurchdringliche Miene verriet nicht, was in ihm vorging, doch ich wusste es auch so. Trotzdem sprach keiner von uns das Thema an, weil wir nicht alles noch schwieriger machen wollten, als es ohnehin war. Als er sich ein Grinsen abrang, hatte ich Mühe, die Tränen zurückzuhalten. Offenbar war ihm die Qual in meinen Augen nicht entgangen, denn er zog mich in seine Arme, drückte mich an sich und hielt mich so fest, als wollte er mich nie wieder loslassen.

»Es wird alles gut«, murmelte er mit belegter Stimme, als er mich widerwillig freigab.

»Nein, das wird es nicht«, entgegnete ich heftig. »Die ganze Sache bringt mich um, Palmer. Du hast mich dazu gebracht, mich in dich zu verlieben, und jetzt fühle ich mich hundeelend.«

»Wir haben darüber gesprochen, Josie. Du gehst nach Seattle zurück und stellst dich erst mal mit diesem Allen an den Herd.«

Er wollte mich aufziehen, aber mir war nicht nach Scherzen zumute.

»Und dann werden wir sehen, wie es weitergeht«, fügte er hinzu.

»Und du kommst mich bestimmt besuchen, wenn du das Schwert bei deinem Auftraggeber in Pennsylvania ablieferst? Versprichst du mir das?«

Er zögerte und nickte schließlich.

Ich schlang die Arme um seinen Hals und stellte mich auf die Zehenspitzen, um ihn zu küssen.

»Danke«, hauchte ich, und schon wieder rollten die ersten Tränen.

»Nicht weinen«, flüsterte er. »Deine Tränen sind wie Kryptonit.«

»Und du hältst dich offenbar für Superman.«

Widerstrebend lösten wir uns voneinander. Palmer

legte einen Arm um meine Schultern und zog mich an sich.

»Wir sollten besser gehen, sonst kommen wir am Ende noch zu spät.«

»Ist mir egal.«

Ich zuckte mit den Schultern, weil das Letzte, wonach mir der Sinn stand, eine Party war, und erst recht keine, die meinetwegen stattfand.

Ungeachtet meiner anfänglich bedrückten Stimmung wurde es ein schöner Abend, denn die Wilkersons waren wunderbare Gastgeber. Angie hatte ein köstliches Dinner zubereitet, auf das Spiele folgten, an denen sich sowohl die Erwachsenen als auch die beiden Kinder beteiligten. Als es für Mason und Oliver Zeit war, ins Bett zu gehen, trug Steve seine Söhne, einen unter jedem Arm, die Treppe hoch zu ihrem Schlafzimmer. Jack und Palmer gingen mit, weil sie zwangsverpflichtet worden waren, den Kindern eine Geschichte zu erzählen, bevor die Lichter für die Nacht gelöscht wurden.

Währenddessen half ich Angie mit dem Geschirr und kratzte die Teller ab, bevor ich sie in die Spülmaschine stellte.

»Es wird mir schwerfallen, morgen früh abzureisen«, sagte ich.

Angie trocknete sich die Hände am Geschirrtuch ab. »Ich erinnere mich, wie Steve mich nach unseren ersten drei gemeinsamen Tagen zum Flughafen gebracht hat. Obwohl wir uns nur so kurz kannten, war ich bereits ziemlich in ihn verliebt. Ich hätte fast mein Flugzeug verpasst, weil keiner von uns kurzen Prozess machte, damit wir uns voneinander verabschieden konnten. Ich weiß, es klingt banal, aber ich glaube, dass letztendlich alles so kommt, wie es kommen soll.«

Mehr als alles andere wollte ich glauben, dass stimmte, was Angie sagte.

»Es ist so hart, zu gehen und alles zurücklassen zu müssen.«

»Glaub mir, ich verstehe dich allzu gut.« Angie klopfte mir aufmunternd auf die Schulter. »Ich bin gegangen und habe das Gleiche durchgemacht wie du jetzt. Im Nachhinein hat es sich als das Beste erwiesen, was ich tun konnte. Auch wenn es Monate gedauert hat, bis wir uns wiedersahen. Das Wichtigste ist, dass sich am Ende alles gut fügt, und das wird ebenfalls für dich und Palmer der Fall sein.«

»Achte ein bisschen auf Palmer, ja? An meiner Stelle.«

»Natürlich, mache ich gerne.«

»Er arbeitet zu schwer und lässt gerne irgendwelche Mahlzeiten aus. Da ist es mir eine Beruhigung, wenn sich jemand ein bisschen kümmert.«

»Ich werde dafür sorgen, dass er mindestens einmal in der Woche zum Essen zu uns kommt.«

»Und Jack?«

Zwar war mir das alte Schlitzohr manchmal schwer auf die Nerven gegangen, doch irgendwie war er mir zugleich ans Herz gewachsen.

Ich spürte, wie sich meine Augen erneut mit Tränen füllten, und zwinkerte ein paarmal, um sie zurückzuhalten.

»Was, ich soll Jack durchfüttern?«, rief sie in gespieltem Entsetzen. »Dabei werde ich ja arm, der Mann vertilgt mehr als sechs hungrige Holzfäller.«

»Damit könntest du recht haben«, stimmte ich mit zittriger Stimme zu.

»Jetzt aber Schluss mit den Tränen, du veranstaltest ja die reinste Heulorgie und steckst mich noch an«, befahl Angie resolut und wischte sich die Augen. »Wenn das so weitergeht, stehen wir bald mit den Füßen im Wasser.«

Sie hatte recht, wir schwankten beide zwischen Lachen und Weinen.

»Ich melde mich bei dir«, versprach ich.

»Ja, wir bleiben auf jeden Fall in Kontakt«, sagte sie und fügte nach kurzem Schweigen hinzu: »Und falls du dich entschließt, Palmer zu heiraten, solltest du wissen, dass es nicht immer leicht sein wird, in Ponder zu leben. Liebe wiegt nicht alles auf. Es ist gut, sich das vorher klarzumachen, sonst ist die Enttäuschung riesengroß.«

»Du hast den Übergang geschafft, und das macht mir Mut«, erwiderte ich.

Und das meinte ich genauso. Es war besser, von einer guten Freundin ehrlich auf die Probleme hingewiesen zu werden, als dauernd zu hören bekommen, wie herrlich alles sei. Insofern wusste ich Angies Ratschläge zu schätzen. Ich hatte die sechs Monate, die ich hier im arktischen Sommer verbracht hatte, sehr genossen, dennoch wäre es vermessen zu behaupten, ich hätte eine klare Vorstellung, wie es wäre, dauernd hier zu leben. Das waren zwei Paar Schuhe. Wie lebte man damit, nicht ganzjährig um die Ecke einen Supermarkt zu haben, wo man alles kaufen konnte, was das Herz begehrte, vor allem auch frische Sachen. Und was tat man hier, wenn man dringend einen Arzt brauchte? Lauter Dinge, an die man sich gewöhnen musste. Und wenn nicht, war man in der Wildnis fehl am Platz.

»Steve hat mich damals gebeten, es ein Jahr lang zu versuchen«, erklärte Angie. »Er versprach mir, wenn ich am Ende dieser Zeit wieder wegwolle, sei er einverstanden, in eine größere Stadt zu ziehen.«

»Wie man sieht, hast du dich entschieden zu bleiben.«

»Ja, und das trotz meiner ersten Schwangerschaft. Zu diesem Zeitpunkt hatte ich den Ort, die Gegend und die Leute schon ins Herz geschlossen. Wenn man so isoliert lebt, schließt man sich umso enger zusammen, und irgendwann wurde mir klar, dass ich Ponder als meine Heimat betrachtete.«

»Immerhin hattest du die Möglichkeit, dir mit der Schriftstellerei eine Nische zu schaffen, wo du deine Talente nutzen konntest. So etwas sehe ich für mich nicht. Ich kann wahrscheinlich nicht mal einen Foodblog betreiben, da du ohne frische Zutaten mit Rezepten keinen Stich machst. Außer ich spezialisiere mich auf Gefrierschrankküche«, schloss ich mit einem müden Witz. »Soweit ich das beurteilen kann, sehe ich in Ponder wenige bis gar keine Arbeitsmöglichkeiten für mich.«

Als die Männer von der abendlichen Zeremonie aus dem Kinderzimmer zurückkamen, beendeten Angie und ich unser Gespräch, und alle fünf setzten wir uns vor den Kamin, um den Abend bei einem Glas Wein ausklingen zu lassen.

»Den habe ich für eine besondere Gelegenheit aufgehoben«, verkündete Steve und seufzte. »Ich schätze, Josies morgige Abreise ist eine, wenngleich ich nicht glaube, dass einer von uns das feiern möchte.«

Angie legte die Arme um ihn. »Dafür habe ich eine gute Neuigkeit. Wie es aussieht, werden Mason und Oliver bald große Brüder sein.«

Steve brauchte ein paar Sekunden, um zu begreifen, dass ein drittes Kind ins Haus stand. Dann aber stieß er einen Freudenschrei aus, packte Angie um die Taille und wirbelte sie herum. Anschließend stießen wir mit unseren Gläsern auf den neuesten Zuwachs für die Bevölkerung von Ponder an.

Zurück zur Lodge gingen wir eng umschlungen, als müssten wir so viel wie möglich von diesem Gefühl der Verbundenheit speichern.

»Sawyer meinte, er werde gegen halb zehn landen, also ungefähr bei Sonnenaufgang.«

Ich nickte. Palmers Freund hatte mir die Zeit bereits mitgeteilt. Mir wäre es ungleich lieber gewesen, er wäre später gekommen, denn am Ende schien jede Minute besonders kostbar.

»Bringst du mich morgen früh zum Landeplatz?«, fragte ich. Sein Zögern überraschte mich. »Palmer?«, hakte ich nach, als er mir keine Antwort gab.

»Entschuldige, Josie, ich glaube nicht, dass ich das über mich bringe.«

Seine Reaktion schockierte mich, selbst wenn ich sein Widerstreben verstand, schließlich ging es mir genauso. Ein Abschied war immer schwierig.

»Versteh mich nicht falsch, es ist einfach so, dass ich nicht weiß, ob ich die Kraft habe, dich gehen zu lassen«, gestand er. »Vielleicht wäre es besser, dass wir uns jetzt verabschieden.«

Mich fest in den Armen haltend, die Lippen dicht an meinen, flüsterte er: »Du musst mir einen letzten Gefallen tun.«

»Jeden«, versprach ich schluchzend.

»Wenn du wieder in Seattle bist, erzähl mir bitte nichts von Allen, deinem Chef.«

»Antoine.«

Ich spürte, wie er die Lippen zu einem leichten Grinsen verzog.

»Du weißt, wen ich meine.«

Versprochen war versprochen, wobei mir allerdings schleierhaft war, was er mit dieser Bitte bezweckte. Sosehr ich darüber nachdachte, es wollte mir absolut nichts einfallen.

»Kannst du mir vielleicht verraten, warum ich dir nichts von ihm erzählen soll? Das macht für mich keinen Sinn. Also raus mit der Sprache.«

Palmer wich zurück, rieb sich mit der Hand über seinen Bart und wirkte todunglücklich.

»Weil er der perfekte Mann für dich wäre und …«

Ich traute meinen Ohren nicht. »Palmer, hör auf!«, rief ich entsetzt.

»Nein, lass mich ausreden. Bitte. Ich bin schon jetzt eifersüchtig, weil du in Zukunft so viel Zeit mit ihm verbringen wirst. Er hat all das, was ich nicht habe. Mir ist klar, dass ich mich wie ein dummer kleiner Junge anhöre, und ich entschuldige mich dafür, doch meinem Seelenfrieden zuliebe: Behalt die Beziehung zu deinem Chef für dich.«

»Ich habe nicht vor, ihn zu daten, Palmer. Niemals. Berufliches und Privates zu vermischen kommt für mich nicht infrage. Du musst dir also keine Gedanken machen.«

»Vielleicht nicht. Wir werden sehen«, erwiderte er mit unüberhörbarem Zweifel.

Seine Bitte hatte mich aus der Fassung gebracht, vor allem, weil sie jeder Basis entbehrte. Irgendwas musste er über Maître Antoine gelesen haben, das ihn zutiefst verunsichert hatte. Eigentlich sollte er wissen, dass ich nicht der Typ war, dessen Steckenpferd prominente, reiche und nach Möglichkeit gut aussehende Männer waren.

»Du musst mir vertrauen. Erstens fühle ich mich nicht im Geringsten zu ihm hingezogen, und zweitens gedenke ich nicht, meine Karriere zu gefährden, indem ich meinen Boss date.«

»Das sagst du jetzt …«, fing er erneut an.

»Palmer, du machst dich lächerlich«, wies ich ihn entnervt zurecht.

»Möglich.«

»Das tust du wirklich«, insistierte ich. »Dabei solltest du wissen, dass du derjenige bist, den ich liebe.«

Zu weiteren Erklärungen kam ich nicht, denn Palmer wusste, was die effektivste Möglichkeit war, mir das Wort abzuschneiden. Er nahm mich in die Arme, um mich ein letztes Mal zu küssen. Was für ein Kuss! Einer, den ich nie vergessen würde.

Am nächsten Morgen schloss ich die Lodge ab. Den Schlüssel würde ich den Brewsters sofort nach meiner Ankunft in Seattle zurückschicken, so hatten wir es vereinbart. Dann stand ich einsam und verlassen in der weiten, schneebedeckten Landschaft und beobachtete, wie die kleine Maschine sich über dem See näherte, die Kufen aufsetzte und übers Eis auf mich zuglitt.

»Du musst Josie sein«, sagte Sawyer, während er die Maschine wegen einer leichten Brise, die über dem zugefrorenen See wehte, an der Anlegestelle der Fähre vertäute.

»Genau.«

»Kann es losgehen?«

Konnte es?

Das war möglicherweise die wichtigste Frage, die mir in meinem ganzen Leben gestellt würde. Ich brachte keinen Ton heraus und nickte bloß stumm, reichte Sawyer mein Gepäck, das er im hinteren Teil des Flugzeugs verstaute, und streckte ihm eine Hand hin, damit er mir in die Kabine der Cessna half.

Sowie ich mich auf meinem Sitz angeschnallt hatte, blickte ich aus dem Fenster auf Ponder zurück. Tränen rannen über meine Wangen, als der Motor dröhnend zum Leben erwachte. Innerhalb weniger Minuten waren wir in der Luft und kreisten über dem See.

Als ich einen letzten Blick auf den im frühen Sonnenlicht liegenden Ort warf, sah ich unter mir eine einsame Gestalt, das Gesicht zum Himmel emporgewandt.

Selbst wenn ich seine Jacke und Hobo nicht erkannt hätte – ich würde gewusst haben, wer es war.

9. Kapitel

Palmer

Es schien eine Ewigkeit her zu sein, seit Josie aus Ponder ausgeflogen worden war. Anfangs telefonierten wir fast jeden Tag miteinander, führten lange Gespräche, die manchmal bis zu zwei Stunden dauerten.

Ich hätte nie gedacht, dass es so viel gab, worüber zwei Menschen reden konnten, aber bei uns war es so. Wir tauschten Kindheitserinnerungen aus, wir redeten über unsere Hoffnungen für die Zukunft, über unsere Träume und Ziele. Josie hielt ihr Versprechen und erwähnte diesen verflixten Antoine nicht, und dafür war ich ihr sehr dankbar.

Obwohl sie nicht viel von meinem Beruf verstand, erzählte ich ihr, wie es so lief mit meiner Arbeit. Sie erzählte mir im Gegenzug von den Menüs, an denen sie beteiligt war, und wie toll sich das neu eröffnete Restaurant anließ. So wie sie sich anhörte, hatte sie sich hervorragend eingearbeitet und schmiss mehr oder weniger den Laden. Vermutlich hielt sie von dem Künstler am Herd alles fern, was seine Kreativität stören konnte. So stellte ich mir das zumindest vor.

Als jedoch die Zeit verstrich, merkte ich, dass sie erschöpft war, und es wurde immer später, bis sie abends anrief. Offenbar wurde es ihr auf Dauer zu viel, sich um alles und jedes in der Organisation des Restaurants zu kümmern, um ihrem anspruchsvollen Chef den Rücken freizuhalten. Zwar sprach sie es nicht aus, aber ich hörte es heraus oder las es zwischen den Zeilen ihrer E-Mails.

Thanksgiving kam, einer der hektischsten Tage in einem Restaurant, und Josie war für sämtliche Schichten eingeteilt worden. Da ich sie schrecklich vermisste, hatte ich kurz überlegt, nach Seattle zu fliegen und sie zu überraschen. Am Ende entschied ich mich dagegen, weil bei ihrem Arbeitspensum kaum viel Zeit für uns bleiben würde. Inzwischen fand sie ja nicht einmal mehr eine Gelegenheit zum Telefonieren. Ihr Kontakt beschränkte sich auf knappe Textnachrichten, mehr war nicht drin.

Also besuchte ich meine Schwester an Thanksgiving.

Enttäuscht saß ich in Alicias Küche und starrte mein Telefon an. Von Josie kam eine kurze Mitteilung, sie sei bereits bei der Arbeit, dabei war es in Seattle gerade mal sieben Uhr früh. Davor hatte sie mir gegen Mitternacht geschrieben, nachdem sie das Restaurant verlassen hatte. Und jetzt war sie schon wieder auf den Beinen, was bedeutete, dass sie höchstens ein paar Stunden Schlaf bekommen hatte.

Vermisse dich. Heute wird es hektisch. Rufe dich später an, sobald ich zu Hause bin.

Ich starrte den Text an, war unschlüssig, was ich darauf antworten sollte. Das alles missfiel mir. Sie arbeitete so hart, und wofür? Da konnte sie mir noch so oft versichern, dass sie ihre Tätigkeit liebe. Mochte ja alles gut und schön sein, für mich war es Ausbeutung und damit alles andere als okay. Das musste sie ja auf Dauer fertigmachen.

Wann hast du den nächsten Tag frei?

Weiß nicht. Kann jetzt nicht reden. Sorry. Liebe dich.

Ich stieß scharf den Atem aus und legte mein Handy frustriert auf den Tisch.

In diesem Moment betrat meine Schwester die Küche. Sie trug einen Bademantel über ihrem Pyjama und lächerliche Häschenpantoffeln an den Füßen.

»Für diese frühe Zeit siehst du ziemlich zerknittert aus«, spottete sie.

Am Tag zuvor war ich mit Sawyer nach Fairbanks geflogen, der in der Stadt ein Flugzeugteil abholen musste und sich erboten hatte, mich unterwegs aufzusammeln. Das Timing war perfekt, denn ich hatte das Gefühl, dringend eine Ablenkung zu brauchen. Seit Josie abgereist war, blies ich mehr oder weniger permanent Trübsal.

Alicia entging meine miese Stimmung natürlich nicht.

»Es ist Thanksgiving, Bruderherz – ein Tag, an dem man überlegen sollte, wofür man dankbar ist. Du hingegen haderst mit dem Schicksal, weil es dir etwas vorenthält.«

»Ich weiß, was heute für ein Tag ist«, gab ich unwirsch zurück, wenngleich Alicia natürlich recht hatte. Mir fehlte es zumindest momentan an positivem Denken.

Meine Schwester versuchte gute Laune zu erzeugen, indem sie fröhlich die Ärmel ihres Bademantels hochkrempelte und den zwanzig Pfund schweren Truthahn aus dem Kühlschrank wuchtete. Unbestritten ein Prachtexemplar von gigantischen Ausmaßen.

»Du hättest mich das machen lassen sollen«, tadelte ich sie sanft.

»Ich bin kein Schwächling, weißt du.«

Ihre Antwort brachte mich zum Lachen. Nein, auf die Idee käme niemand. Meine Schwester war ehemalige Polizeibeamtin und durchaus imstande, ihren Mann zu stehen und mit Typen fertigzuwerden, die doppelt so groß waren wie sie.

»Wie lange ist es jetzt her?«, fragte sie.

»Was denn?«, stellte ich mich dumm.

Alicia stemmte die Hände in die Hüften und bedachte mich mit einem vernichtenden Blick.

»Spiel nicht die Unschuld vom Land. Was wohl?

Wie lange es her ist, seit du Josie zum letzten Mal gesehen hast, will ich wissen.«

»Josie wer?«, zog ich sie grinsend auf.

»Sie hat dich völlig durcheinandergebracht, nicht wahr? Versuch nicht, es abzustreiten. Du denkst Tag und Nacht an sie, kleiner Bruder, und du brauchst mir nicht zu sagen, dass du sie vermisst. Ich weiß wirklich nicht, warum du hier herumsitzt, obwohl du dir eindeutig wünschst, ganz woanders zu sein.«

Ich wollte es gerade abstreiten oder erklären, warum und wieso, als Drew, Alicias Mann, ebenfalls noch im Pyjama, in die Küche kam und barfuß zur Kaffeemaschine schlurfte.

»Morgen.« Er gähnte, als er den Schrank öffnete und nach einem großen Becher griff, ihn sogleich wieder abstellte, um die Arme um die Taille meiner Schwester zu schlingen und sie auf den Hals zu küssen.

»Drew«, protestierte sie. »Stör mich nicht, ich will den Vogel für den Ofen fertig machen.«

»Yeah, yeah, yeah«, neckte er sie, während er fortfuhr, sie am Hals zu kitzeln.

Ich musste den Blick abwenden, weil diese offene Zurschaustellung von Liebe und Zuneigung meine Sehnsucht nach Josie zusätzlich steigerte. Schließlich würde ich gerne morgens genauso mit ihr kuscheln, wie Drew es mit meiner Schwester tat.

»Bevor du in die Küche gekommen bist, habe ich

Palmer nach Josie gefragt«, griff Alicia das Gespräch wieder auf, das ich eigentlich nicht führen wollte.

»Josie ist in Seattle. Sie liebt ihren Job und ist dort glücklich«, warf ich rasch ein.

»Bist du dir da sicher?«, hakte Drew nach und trank einen Schluck Kaffee.

»Ja. Zumindest hat sie das oft genug betont, trotz des Stresses, den der Job mit sich bringt«, erklärte ich und verschwieg dabei diplomatisch, dass ich selbst bisweilen an ihren Beteuerungen zweifelte. Irgendwie klangen sie zu begeistert, als müsste sie ihre Entscheidung für diesen Job sogar vor sich selbst rechtfertigen.

»Was hast du in der letzten Zeit getan, um ihr zu beweisen, dass du sie liebst?«, wollte meine Schwester wissen.

»Wie bitte?«, fragte ich verdattert.

Immerhin versicherte ich Josie bei jeder sich bietenden Gelegenheit, dass ich sie liebte.

»Du hast mich ganz genau verstanden«, beharrte Alicia. »Klar, du schickst ihr Textnachrichten, und ihr telefoniert ab und zu. Und darüber hinaus?«

Drew, der unserem Gespräch interessiert gefolgt war, lehnte sich auf seinem Stuhl zurück und gab auch noch seinen Senf dazu.

»Das Problem ist, dass Männer, wenn sie so leben wie wir in Alaska, den Sinn für die Feinheiten verlieren, die Frauen mögen. Sie erwarten tolle Blumengebinde, teures Parfum und exquisite Pralinenkreationen geschenkt zu bekommen und all diesen romantischen Quatsch zu hören, den sie in ihren Liebesromanen lesen. Dass wir ohne sie nicht leben können und so ein Zeug.«

Alicia schüttelte den Kopf. »Würdest du freundlicherweise damit aufhören? Das habe ich gar nicht gemeint. Josie braucht keine Geschenke. Sie braucht meinen Bruder.«

Mir war nicht ganz klar, worauf meine Schwester hinauswollte. Ich sehnte mich danach, Josie zu sehen, und wäre längst auf dem Weg nach Seattle, wenn sie nicht sieben Tage in der Woche vierundzwanzig Stunden lang um dieses Restaurant kreisen würde.

»Ich habe drei Anläufe gebraucht, um Alicia dazu zu bringen, mich zu heiraten, weißt du«, schob Drew nach.

Geschenkt, ich kannte die Geschichte. Alicia und Drew hatten sich kennengelernt, als sie am College Kriminologie studierte. Drew war Elektriker und hatte auf dem Campus in der Buchhandlung zu tun gehabt, in der Alicia nebenbei jobbte. Ein paar Tage nach ihrer ersten Begegnung bat er sie, mit ihm auszugehen, und machte ihr am Ende dieses Dates gleich einen Antrag. Alicia war zu Tode erschrocken und lehnte ab, doch Drew erwies sich als hartnäckig. Zwei Monate später fragte er sie erneut, und erneut gab sie ihm einen Korb. Daraufhin wartete er den Jahrestag ihres Kennenlernens ab und wiederholte seinen Antrag zum dritten Mal. Diesmal nahm sie an, und drei Monate später heirateten sie. Das war zehn Jahre her, und in der Zwischenzeit hatten sie zwei Kinder bekommen.

»Du wirfst bei Josie hoffentlich nicht das Handtuch, oder?«, erkundigte sich Drew.

»Auf gar keinen Fall«, versicherte ich ihm. »Allerdings ist sie am Zug, mir zu sagen, ob sie mich heiraten will oder nicht. Ich werde sie nicht drängen.«

»Aber dir ist schon klar, dass du bei ihrer Entscheidung etwas nachhelfen könntest?«, fügte Drew, der nicht lockerlassen wollte, hinzu.

»Würdet ihr zwei bitte endlich aufhören, die Sache zwischen Josie und mir nach eurem Gutdünken regeln zu wollen?«, herrschte ich die beiden zunehmend verärgert an. »Jeder muss nach seiner Façon selig werden. Und wenn Josie Zeit braucht, um herauszufinden, was sie will, dann muss ich sie ihr geben.«

»Wie viel Zeit, Palmer? Und wie soll das konkret gehen?« Alicia schüttelte den Kopf. »Wenn du ewig wartest, denkt sie am Ende, du hättest das Interesse verloren.«

Drew schien mich genauso wenig zu verstehen. »Liebst du diese Frau nun oder nicht?«

»Was glaubst du eigentlich? Es gehört nicht unbedingt zu meinen Gewohnheiten, wildfremden Frauen einen Heiratsantrag zu machen«, versetzte ich sarkastisch.

»Schau mich an, Palmer«, mischte Alicia sich wieder ein. »Ich bin deine Schwester, ich kenne dich besser als jeder andere. Du bist verliebt, und du bist unglücklich. Josie ist in Seattle, du bist in Ponder. Das müsst ihr ändern.«

O Gott, bei ihr klang alles immer so einfach.

»Ich muss Josie vor allem die Chance geben, mit diesem Maître Antoine zusammenzuarbeiten. Das ist es, was sie im Augenblick will, und sie verdient es, ihre Möglichkeiten auszuprobieren und sich zu verwirklichen. Das werde ich ihr nicht verderben, denn genau das ist meine Art, ihr meine Liebe zu beweisen.«

Meine Schwester und mein Schwager schwiegen. Entweder hatten sie ihr Pulver verschossen oder langsam kapiert, wie ich die Geschichte sah. War ich über die Trennung von Josie glücklich? Ganz bestimmt nicht. Fand ich, dass sie zu lange und zu schwer arbeitete? Eindeutig ja. Vermisste ich unsere Telefongespräche und unsere ausführlichen E-Mails? Mehr, als ich zugeben mochte.

Trotzdem konnte ich nichts sagen oder tun, bis sie bereit war, ihre Entscheidung zu treffen. Ich würde ihr ein Jahr geben, und wenn sie am Ende dieser Frist mit ihrem Leben in Seattle uneingeschränkt glücklich war, dann würde ich mich damit abfinden und nach vorne schauen. Ohne sie. Bis dahin klammerte ich mich an die Hoffnung, dass sie ihre Meinung noch änderte und zu mir zurückkehrte.

»Du liebst sie wirklich«, sagte Alicia plötzlich in die Stille hinein. »Es ist dir ernst mit ihr.«

»Natürlich ist es das. Hast du je daran gezweifelt? Versteht endlich, dass ich mich in Geduld übe, weil ich sie liebe und weil ich nichts verderben will.«

»Na ja, du kannst immer noch auf die Knie fallen und sie anflehen«, meinte Drew todernst. »Das nämlich hätte ich gemacht, wenn Alicia anders nicht bereit gewesen wäre, mich zu heiraten.«

»Ich dachte, du bist auf die Knie gesunken.«

»Auf ein Knie«, korrigierte Drew mich. »Hätten es beide sein müssen, würde ich das ebenfalls mit Freuden getan haben. Stolz mag wichtig für einen Mann sein, aber er ist nicht alles. Wenn es um die richtige Frau geht, muss man ihn gelegentlich runterschlucken können. Nicht zu oft, versteht sich.«

Ungeachtet meines Elends konnte ich mir ein Grinsen nicht verkneifen. Drew und seine Weltsicht waren manchmal wirklich zu komisch.

Entgegen meinen Erwartungen wurde es noch ein rundum gelungener Abend. Das festliche Dinner war köstlich, und mit dem gefüllten Truthahn hatte meine Schwester sich selbst übertroffen.

Nach dem Essen waren wir um den Tisch herumgegangen, und jeder hatte zum Ausdruck gebracht, wofür er im vergangenen Jahr am dankbarsten gewesen war, wobei ich meine Familie und meine

Freunde genannt hatte, allen voran selbstverständlich Josie.

»Wofür bist du am allerdankbarsten?«, fragte mein achtjähriger Neffe Andrew später am Abend, als wir gerade gemeinsam die Küche aufräumten.

»Dafür, dass du mir beim Abwaschen hilfst«, witzelte ich und reichte ihm ein Geschirrtuch.

»Wirst du irgendwann heiraten?«, wollte die sechsjährige Katie wissen, ein unglaublich niedliches kleines Mädchen.

»Das hoffe ich sehr.«

»Ich möchte eine Cousine, okay? Mom und Dad haben gesagt, ich bekomme keine kleine Schwester mehr, also musst du mir eine Cousine besorgen.«

»In Ordnung, ich werde mein Bestes tun«, versprach ich und hätte am liebsten auf der Stelle Josie von dieser Bitte erzählt, war mir jedoch nicht sicher, ob sie es ebenfalls so lustig fand wie ich.

»Der Druck wächst«, murmelte mein Schwager und zwinkerte mir zu. »Nicht nur, dass Katie eine Cousine verlangt, deine Eltern warten dringend auf weitere Enkel. Der Ball liegt bei dir. Alicia und ich haben die Familienplanung abgeschlossen.«

Ich schlug mit dem nassen Handtuch nach ihm. »Meinst du nicht, dass Josie bei dieser Sache ein Wörtchen mitzureden hat?«

»Wird Josie meine Tante?«, fragte Andrew, der immer die Ohren auf der Leine hatte.

»Das weiß ich noch nicht, vielleicht könntest du dir das ja von Santa Claus wünschen«, zog ich ihn auf, was mir einen skeptischen Blick eintrug.

Später am Abend versammelten wir uns alle um den Kamin. Die Kids hockten auf dem Teppich und machten auf ihren Tablets ein Brettspiel, bei dem Alicia zusah, während Drew und ich uns ein Footballspiel anschauten.

Mit einem Mal beugte er sich zu mir hinüber und raunte mir zu: »Du brauchst einen Plan, das ist dir hoffentlich klar, oder?«

Offenbar war er von dem Thema Josie und Heirat nicht abzubringen. Ich hingegen stellte mich erst mal dumm.

»Einen Plan«, wiederholte ich. »Was für einen Plan meinst du überhaupt?«

»Na, ist das nicht klar? Einen Plan, wie Josie davon überzeugt werden kann, dich zu heiraten.«

»Tu nicht so, bei dir und Alicia hat sich die Sache damals ganz schön hingezogen. Ist es nicht so?«

»Das schon, allerdings ist Alicia mit ihrer Dickköpfigkeit sowieso ein harter Brocken. In jeder Hinsicht, das kannst du mir glauben.«

»Hey, das habe ich gehört«, rief meine Schwester mit gespielter Empörung, während ich im Stillen daran dachte, dass Dickköpfigkeit bei uns offenbar in der Familie lag.

»Ich bin mir nicht sicher, wie ein fester Plan bei Josie wirken würde«, wandte ich ein. »Der Schuss könnte leicht nach hinten losgehen.«

Da die Seahawks gerade einen Touchdown erzielten, stieß Drew erst mal einen lauten Jubelruf aus, bevor er auf meinen Einwand reagierte.

»Ich will ja bloß sagen, dass du diese Sache mit Josie genauso angehen musst, wie du es bei jedem anderen Problem tätest. Leg dir einen Plan zurecht und halt dich dran.«

»Und du meinst, das wirkt«, versuchte ich ihn auf die Schippe zu nehmen.

»Todsicher. Mein Plan und meine Beharrlichkeit haben sich bei Alicia immerhin ausgezahlt.«

»Drew, wenn du noch ein einziges Wort sagst, dann finde ich einen Grund, dich verhaften zu lassen, das schwöre ich dir«, unterbrach meine Schwester ihn. »Palmer hat alles unter Kontrolle. Lass ihn das Problem alleine lösen, er braucht deine Hilfe nicht.«

»Ja, Liebes«, seufzte er dramatisch. »Du hast wie immer recht.«

Meine Schwester legte den Kopf in den Nacken und stöhnte. »Du weißt, dass ich es wie die Pest hasse, wenn du mir so kommst.« Dann erhob sie sich, ging hinüber zu Drew, der sich in seinem Sessel räkelte, setzte sich auf seinen Schoß, schlang ihm die Arme um den Hals und fragte: »Weißt du, wofür ich in diesem Jahr am dankbarsten bin?«

»Für deinen romantischen Ehemann?«

»Rate noch mal.«

»Dass du das perfekte Weihnachtsgeschenk für mich gefunden hast?«

»Falsch.«

»Okay.« Drew seufzte. »Ich gebe auf. Verrate es mir, wofür du besonders dankbar warst.«

»Dafür, dass mein Bruder sich endlich verliebt hat.«

Ich hörte lediglich mit halbem Ohr zu, weil ich gerade mein Handy checkte in der Hoffnung, eine Nachricht von Josie vorzufinden. Mein Herz wurde schwer. Es gab keine.

Nachdem das Footballspiel vorbei war, griff ich nach meinem Laptop und ging online. Da wir jeden Tag telefonierten und uns schrieben, war ich länger nicht mehr auf Josies Facebookseite gewesen. Eigentlich unsinnig, sagte ich mir. Wenn sie nicht einmal die Zeit fand, mir eine kurze Nachricht zu schicken, würde sie erst recht nicht dazu kommen, etwas zu posten. Ich schaute dennoch nach.

Während ich mich einloggte, kam Alicia zufällig an mir vorbei.

»Was machst du da?«

»Facebook checken.«

»Josies?«

Ich nickte.

»Bist du sicher, dass du das wirklich willst?«

»Warum fragst du?«

»Nur so.«

Sie winkte ab, aber ich zählte sofort eins und eins zusammen und begriff, dass Alicia vorher nachgeschaut hatte. Der Unterton in ihrer Stimme verriet mir, dass da etwas war, das ich nicht sehen sollte.

»Hast du mir irgendetwas zu sagen?«, erkundigte ich mich.

Meine Schwester stieß langsam den Atem aus. »Sieh es dir am besten selbst an. Du wirst das Foto ohnehin finden.«

Tatsächlich brauchte ich nicht lange, um den Post zu entdecken, den Alicia meinte. Sowie ich ihn entdeckte, krampfte sich mein Magen zusammen.

Ich hätte es ahnen, hätte es wissen müssen.

Das Foto zeigte Josie und ihren Chef vor dem neu eröffneten Restaurant Chez Antoine. Der Kerl hatte besitzergreifend den Arm um Josie gelegt, und die beiden wirkten wie ein glückliches Paar.

Ich starrte den Schnappschuss lange an, suchte nach Hinweisen, ob Josie die Nähe unangenehm gewesen sein könnte, doch nichts wies darauf hin. Vielmehr wirkte sie recht entspannt, wie sie da in seinem Arm hing.

»Palmer«, murmelte Alicia. »Sag etwas.«

»Was gibt es da zu sagen?«, gab ich zurück.

Und das entsprach den Tatsachen. Immerhin hatte ich sie gebeten, mir nichts von ihrem Umgang mit dem hochwohlgeborenen Küchenchef zu erzählen.

Gleichzeitig verstand ich plötzlich, warum Alicia und Drew so darauf gedrängt hatten, dass ich etwas unternahm. Vielleicht hatten sie ja recht. Der Rückgang ihrer Anrufe und die flüchtigen Textnachrichten könnten ein Indiz dafür sein, dass Josie sich innerlich von mir zu lösen begann.

Oder hatte ich sie bereits verloren, ohne es zu bemerken?

10. Kapitel

Josie

Ich konnte es nicht erwarten, endlich nach Hause gehen zu können, denn ich fühlte mich erschöpft, ausgelaugt und elend nach diesem Thanksgiving-Marathon.

Sechzehn Stunden hatte ich in der heißen Restaurantküche verbracht, dem Personal Anweisungen erteilt, gekocht, die Teller begutachtet, bevor sie an die Kellner weitergegeben wurden, und was sonst noch. Mein Chef hingegen war irgendwann gegangen und hatte mir für den Rest des Abends die Verantwortung übertragen.

Wenn ich ehrlich sein wollte, hatte sich der hochgelobte Maître Antoine als große Enttäuschung erwiesen. Anders als sonst üblich bei Köchen, die nach den Sternen griffen, ließ er sich nicht gerade häufig in seinem neuesten Gourmettempel blicken, und an der täglich anfallenden Arbeit beteiligte er sich ohnehin nicht. Er beschränkte sich darauf, hier und da zu probieren, zu loben und zu tadeln, die notwendigen Honneurs zu machen und wieder zu verschwinden.

Auf diese Weise blieb die meiste Arbeit an mir hängen, was er vermutlich als kleine Rache dafür betrachtete, dass ich auf seine Avancen nicht eingegangen war. Fast vom ersten Tag an hatte er durchblicken lassen, dass ich für ihn mehr sein sollte als eine normale Angestellte. Woraufhin ich ihm unmissverständlich klargemacht hatte, dass ich unsere Beziehung als eine rein berufliche betrachte und an nichts interessiert sei, was darüber hinausging.

Insgesamt fand ich es mehr als frustrierend und entmutigend, dass mein Chef stärker an meiner Körbchengröße als an meinen Kochkünsten interessiert zu sein schien. Ich hasste die Blicke, die er mir zuwarf, und insofern war ich, von der erhöhten Arbeitsbelastung abgesehen, eher froh, ihn nicht dauernd sehen zu müssen. Palmer hatte ich natürlich nichts davon erzählt, er würde sich nur grundlos aufgeregt haben und misstrauisch geworden sein. Was mich im Nachhinein allerdings überraschte, war, wie richtig er intuitiv mit seiner Einschätzung dieses Typen gelegen hatte, obwohl er lediglich ein Foto von ihm gesehen hatte. Das war echte Menschenkenntnis.

Todmüde öffnete ich die Tür des kleinen Hauses im Queen-Anne-Viertel von Seattle, in dem ich seit meiner Geburt lebte. Für mich war es eine herbe Enttäuschung gewesen, Thanksgiving nicht mit meiner Mutter, meiner Tante, meinem Onkel und dem Rest der Familie feiern zu können, vor allem weil ich sie fast sieben Monate lang nicht mehr gesehen hatte.

»Da bist du ja.« Trotz der nächtlichen Stunde saß meine Mutter wartend im Wohnzimmer. »Und viel später, als ich mit dir gerechnet habe.«

»Ich weiß«, erwiderte ich, ließ mich neben ihr in die Polster sinken, legte den Kopf gegen die Rückenlehne und schloss die Augen.

»Du bist völlig fertig.«

Es war eine Feststellung und keine Frage, warum ich mir auch nicht die Mühe machte, darauf zu antworten. Außerdem wusste meine Mutter ohnehin, was ich hinter mir hatte. Als Souschef unter einem Vorgesetzten, der gerne alles delegierte, kam Überforderung nicht selten vor.

»Hast du wenigstens Zeit gehabt, zwischendurch mal etwas zu essen?«

Das war das Verrückteste an der ganzen Situation. Den ganzen lieben langen Tag hatte ich mit Lebensmitteln zu tun und bekam kaum einmal die Gelegenheit, selbst einen Happen zu essen.

»Keinen Hunger.«

»Josephine Marie, du lässt entschieden zu viele Mahlzeiten ausfallen.«

»Ja, Mom. Wenn man mir in dieser verrückten

Küche die Zeit ließ, mich mal zu setzen, würde ich gerne etwas essen. Ist scheinbar leider unmöglich, weil wir unter Personalmangel leiden. Unser Starkoch schafft es, einen nach dem anderen rauszuekeln. Ich weiß nicht, wie das weitergehen soll«, erwiderte ich seufzend.

Meine Mutter tätschelte mir die Hand. »Dann trifft es sich ja gut, dass ich dir einen Teller vom Truthahnessen bei Tante Lucy und Onkel Paul mitgebracht habe. Irgendwie habe ich mir so was Ähnliches schon gedacht.«

»Danke, Mom, darüber mache ich mich sofort her, nachdem ich mit Palmer gesprochen habe. Er ist bei seiner Schwester in Fairbanks, und ich habe ihm versprochen, mich zu melden.«

»Und ich soll dich von der ganzen Familie grüßen, du wurdest von allen vermisst.«

»Ja, ich fand es selbst sehr bedauerlich, dass ich nicht dabei sein konnte. Thanksgiving und Familie gehören einfach zusammen. »Wann bist du nach Hause gekommen?«

»So um elf herum, schätze ich.«

Sie zögerte, als wollte sie noch etwas hinzufügen. Seit meiner Rückkehr aus Alaska war sie irgendwie verändert. Oder kam mir das bloß so vor nach meiner langen Abwesenheit?

»Du hast übrigens eine Nachricht auf dem Anrufbeantworter«, wechselte sie rasch das Thema. »Von einem gewissen Jack. Ich glaube, das könnte der Typ aus Ponder sein, von dem du gesprochen hast.«

Mit einem Ruck fuhr ich hoch. »Jack hat angerufen?«

Verwundert starrte meine Mutter mich an. »Ja, ich glaube, den Namen hat er genannt.«

Mein Herz raste wie ein Rennwagen. Wie ich Jack vermisste! Hin und wieder bekam ich eine Textnachricht von ihm. Hauptsächlich, um mir mitzuteilen, dass er Hunger habe und meine Küche vermisse.

»Ich wüsste zu gerne, wie er an die Festnetznummer gekommen ist«, überlegte Mom, »immerhin stehen wir in keinem Telefonverzeichnis.«

Die einzige Möglichkeit war, dass er es über die Lodge herausgefunden hatte, dort hatte ich unsere Festnetznummer hinterlegt. Nein, unmöglich, denn die Lodge war schließlich zugesperrt.

»Keine Ahnung, ich weiß es wirklich nicht, Mom.«

»Er klang ein bisschen alt für dich, Josie«, zog sie mich auf.

»Jack dürfte ungefähr so alt sein wie du.«

»Das ist alt.«

»Scherz beiseite. Er ist der Jagdführer, von dem ich dir erzählt habe.«

»So was Ähnliches habe ich vermutet. Vielleicht solltest du die Nachricht selbst abhören?«

Obwohl meine Beine schwer wie Blei waren, sprang ich sofort auf und eilte in die Küche, wo das Festnetztelefon stand. Das Lämpchen, das den Eingang einer Nachricht ankündigte, blinkte. Für den Fall, dass ich etwas aufschreiben musste, griff ich nach einem Stift und drückte die Wiedergabetaste.

Hallo? Jemand zu Hause?

Ich lächelte. Der vertraute Klang von Jacks kratziger Stimme löste ein warmes Gefühl in mir aus.

Hier spricht Jack. Jack Corcoran. Ich hoffe, ich habe die richtige Nummer gewählt. Ich möchte Josie Avery sprechen. Heute ist Thanksgiving. Er hielt inne, als würde er damit rechnen, dass jemand an das Telefon ging und sich meldete. *Na, und da wir Thanksgiving haben und all das, möchte ich Josie sagen, wie dankbar ich ihr bin. Ich wünschte, sie wäre wieder hier und würde für mich kochen wie früher.*

Wusste ich's doch, dass Jack in erster Linie an seinen Magen dachte.

Palmer ist nicht hier. Er besucht seine Schwester und hat Hobo bei mir gelassen. Hobo vermisst dich auch, genau wie ich.

Palmers Husky. Ich sehnte mich danach, die Arme um ihn zu legen und das Gesicht in seinem dichten Fell zu vergraben. Ich selbst hatte nie einen Hund, meine Mutter war Katzenliebhaberin. Deshalb war Palmers treuer Schatten mir besonders ans Herz gewachsen, er fehlte mir so wie alles und jeder in Ponder.

Du brauchst nicht zurückzurufen, fuhr Jack fort. *Ich habe nur angerufen, um dir ein frohes Thanksgiving zu wünschen und dir zu sagen, dass Angie und Steve mich zum Dinner eingeladen haben.*

Der Anruf endete abrupt, und ich lehnte mich gegen den Küchentresen. Ein Grinsen trat auf mein Gesicht, als ich die Nachricht noch einmal abspielte. Allein Jacks Stimme zu hören war Balsam für meine Seele. Ich vermisste sie alle so und gestand mir inzwischen ein, dass nichts mehr so war wie früher, selbst das Zusammenleben mit meiner Mutter nicht. In der Zeit meiner Abwesenheit schien sich manches geändert zu haben. Insbesondere ich hatte mich verändert.

»Alles in Ordnung, Josie?«, fragte meine Mutter, als sie sich zu mir in die Küche gesellte, holte den mit Folie abgedeckten Teller aus dem Kühlschrank und stellte ihn vor mich auf den Tresen.

»Alles bestens«, schwindelte ich und setzte mich kerzengerade hin.

Dabei hätte ich eigentlich wissen müssen, dass es keinen Sinn machte, meine Gefühle vor meiner Mutter zu verbergen. Sie kannte mich entschieden zu gut, um mich nicht zu durchschauen.

»Du vermisst Alaska und fragst dich inzwischen, ob du die richtige Entscheidung getroffen hast, ist es so oder nicht?«

Es war nicht das erste Mal, dass meine Mutter mich das fragte. Statt zu antworten, zuckte ich bloß die Achseln. Die Wahrheit lautete, dass kein Tag verging, an dem sich meine Gedanken nicht um Palmer und seinen Antrag gedreht hätten. Ich war überrascht, welch großen Teil meines Lebens er in Anspruch nahm, ohne dass er anwesend war.

In der letzten Zeit waren die kurzen Textnachrichten, die wir ausgetauscht hatten, der einzige Lichtblick meines Tages gewesen. Mich hatte es, was Palmer betraf, wirklich schlimm erwischt. Ich wünschte mir, zumindest wieder ausgiebig mit ihm telefonieren zu können, weil allein der Klang seiner Stimme mir guttat und mich aufzumuntern vermochte.

Die einzige Zeit, zu der ich nicht an ihn dachte, war während der Arbeitsstunden im Restaurant. Dort hatte ich viel zu viel um die Ohren, und ich musste mich voll und ganz darauf konzentrieren, die Gerichte rechtzeitig fertig zu bekommen und sie auf eine Weise anzurichten, die den hohen Ansprüchen meines Chefs genügte. So rar er sich bisweilen auch machte, von seinem Anspruchsdenken und seinem hohen Standard wich er nicht ab.

»Josie?«, wiederholte meine Mutter und riss mich aus meinen Gedanken. »Willst du mir keine Antwort auf meine Frage geben?«

»Ja, Mom, ich vermisse Alaska«, räumte ich ein.

»O Süße, und dieser Job bei dem tollen Küchenchef entwickelt sich ebenfalls nicht so, wie du gehofft hast, richtig?«

»Ganz und gar nicht«, erwiderte ich und ersparte meiner Mutter die Einzelheiten.

Ich hatte bereits im Rahmen meiner Ausbildung in guten Restaurants Praktika absolviert und wusste von daher, dass die Stunden lang werden konnten und es zeitweilig ein Knochenjob sein würde. Mit so was wie hier hatte ich jedoch nicht gerechnet. Und genauso wenig damit, dass mein Chef sich als aufgeblasener Mistkerl erster Güte entpuppte, was vielleicht sogar das Schlimmste war.

»Mein armer Schatz.« Mom nahm mich in die Arme und drückte mich fest an sich. »Warum rufst du Jack nicht zurück? Bestimmt fühlst du dich gleich besser, wenn du jemanden hörst, der dich zum Lachen bringt.«

Ich blickte auf die Uhr und berechnete den Zeitunterschied, dann tippte ich Jacks Nummer ein, die ich gespeichert hatte.

Es klingelte fünfmal, bevor er sich meldete.

»Jack, ich bin es, Josie.«

»Josie!«, entfuhr es ihm. Er klang so überrascht, als wäre ich von den Toten auferstanden, um Verbindung mit ihm aufzunehmen. »O mein Gott, es tut ja so gut, deine Stimme mal wieder zu hören.«

»Mir geht es ebenso. Aber zunächst würde ich gerne wissen, wie du zu meiner Festnetznummer gekommen bist. Meines Wissens habe ich sie dir nie gegeben.«

»Na ja, das ist eine heikle Geschichte. Ist vielleicht besser, wenn du es nicht weißt, nicht dass du dich verplapperst und ich den Sheriff auf dem Hals habe.«

Seine Worte ließen bei mir alle Alarmglocken schrillen.

»Du bist in die Lodge eingebrochen? Nicht dein Ernst, oder?«

»Keine Sorge. Ich hatte noch einen Schlüssel«, erklärte er. »Einen alten, der leider nicht mehr passte, und deshalb ist jetzt die Tür kaputt, und ich muss sie reparieren. Kein Problem, die Brewsters werden überhaupt nicht merken, dass sie beschädigt war.«

»Jack«, tadelte ich ihn, denn ich war ernstlich bestürzt, dass er zu solchen Mitteln gegriffen hatte. Zumal mir einfiel, dass auch sämtliche Aktenschränke abgesperrt waren. Der alte Gauner hatte also nicht allein die Eingangstür geknackt, sondern desgleichen die Schlösser der Schränke. Bei der Vorstellung, wie er sich von einem Schrank zum nächsten vorgearbeitet hatte, musste ich unwillkürlich lächeln.

»Mir deine Festnetznummer zu verschaffen war der einzige Weg, um dich zu erreichen«, verteidigte er sich, wobei er sich kein bisschen zerknirscht, sondern mopsfidel anhörte. »Ich habe es natürlich zunächst über dein Handy versucht, doch da meldete sich immer nach dem ersten Klingeln die Mailbox.«

»Es ist während meiner Arbeitszeit ausgeschaltet.«

»Du hast heute gearbeitet? An Thanksgiving? Wo gibt's denn so was?« Er wirkte ziemlich entrüstet.

»Ja, das ist für Restaurants einer der umsatzstärksten Tage im Jahr. Ist sonst alles in Ordnung?«, wechselte ich das Thema. »Wie geht es Angie? Du hast ja auf den Anrufbeantworter gesprochen, dass du bei ihr zum Essen eingeladen warst. Ich habe ihr aus Zeitmangel länger nicht geschrieben.«

»Angie geht es ausgezeichnet. Sie hat ein tolles Dinner gekocht. Trotzdem ist es ohne dich einsam hier, vor allem wenn Palmer weg ist. Ich weiß echt nichts mit mir anzufangen, und da dachte ich, es würde helfen, deine Stimme zu hören.«

»Nett von dir, dass du das sagst. Du fehlst mir nämlich ebenfalls«, sagte ich und meinte es ernst.

»Palmer ist ohne dich ziemlich mies drauf«, rückte er endlich mit der Sprache raus. »Du überlegst es dir wohl nicht noch mal, kommst zurück und heiratest ihn?«, schob er nach und stieß vernehmlich den Atem aus. »Antworte nicht drauf. Palmer gerbt mir das Fell, wenn er spitzkriegt, dass ich mich in seine Angelegenheiten eingemischt habe.«

Jack war ein liebenswerter Wichtigtuer, dem man nichts wirklich übel nehmen konnte. Ich meinte förmlich zu hören, wie Palmer ihn sich zur Brust nahm, weil er seine Nase mal wieder in Dinge gesteckt hatte, die ihn nichts angingen.

»Bist du glücklich, wieder in Seattle zu sein?«, wechselte Jack erneut das Thema.

»Na ja. Es geht nichts über das eigene Zuhause«, gab ich vage zur Antwort. »Wobei ich gestehen muss, dass ich den Großstadtlärm nicht mehr gewöhnt bin«, fügte ich hinzu, um nicht sagen zu müssen, was mich wirklich beschäftigte.

Das mit dem Lärm stimmte allerdings. Mir war nicht klar gewesen, wie sehr ich die Stille schätzen gelernt hatte und wie beruhigend die wenigen Geräusche gewesen waren, die sie durchbrachen. Das Rauschen des Windes, der durch die Bäume fuhr und die Zweige bewegte, das leise Plätschern des Sees, die Schreie der Nachtvögel und in der Ferne der Ruf eines Karibus oder das Knistern der Polarlichter.

»Einfach so aus Neugier. Kochst du nach wie vor mit diesem berühmten Küchenchef?«

Ich fand es lustig, wie sich seine Gedanken ständig dem Essen zuwandten.

»Natürlich.«

»Hast du je dieses Stroganoff für ihn gemacht, du weißt schon.«

»Bislang nicht. Weißt du, hier in Seattle ist man nicht unbedingt auf Rezepte für Elch aus.«

»Er würde es bestimmt auf die Speisekarte setzen, wenn er es einmal gegessen hätte. Sag ihm, ich kann ihm das Fleisch liefern, wenn er will.«

»Das werde ich tun«, versprach ich grinsend.

»Tja, dann mache ich jetzt besser mal Schluss.«

»War schön, mit dir zu reden, Jack.«

»Gleichfalls.«

»Gut, also tschüss.«

Irgendwie hatte ich das Gefühl, dass wir beide gerne

noch länger telefoniert hätten, uns aber die Themen ausgegangen waren. Bis auf jenes Thema, das wir umschifften. Schließlich war Jack es, der noch einmal die Kurve kriegte.

»Warte«, sagte er hastig. »Habe ich erwähnt, dass ich dein Essen vermisse?«

»Hast du, bestimmt zweimal.«

»Ach so, wollte nur ganz sicher sein. Weißt du eigentlich, dass ich wahrscheinlich Gewicht verlieren werde?«

Ich lachte. »Bist du eigentlich jemals in Seattle gewesen?«

Er zögerte. »Seit Jahren nicht mehr. Ich glaube, als ich letztes Mal da war, war ich noch bei der Navy.«

»Schön, wenn du das nächste Mal in der Stadt bist, lade ich dich zum Dinner ein. Ich koche dir dann ein Festmahl mit zehn Gängen, das du so schnell nicht vergessen wirst.«

»In Seattle?«, erkundigte er sich aufgeregt.

»Yup. Es wäre mir ein Vergnügen.«

»Ich nehme dich beim Wort, Josie.«

Als wir das Gespräch beendeten, war ich richtiggehend aufgekratzt. Jack mit seiner komischen Art schaffte es immer wieder, die düsteren Gedanken zu vertreiben.

11. Kapitel

Palmer

Nie im Leben hatte ich damit gerechnet, dass im selben Moment, als ich in Ponder aus dem Kufenflugzeug stieg und Sawyer zum Abschied nachwinkte, Jack zur Stelle war, um mich zu begrüßen.

Und über wen redete er ohne Punkt und Komma?

Über Maître Antoine oder Douglas Anton, wie er mit bürgerlichem Namen hieß.

Jack hatte sich nämlich auf YouTube ein Video über den prominenten Kochkünstler reingezogen, und darin war wohl irgendwo von Josie die Rede. Falls er gehofft hatte, mir damit eine Freude zu machen, sah er sich bitter enttäuscht. Woher wusste der alte Kauz überhaupt, was YouTube war, und wie kam er auf die Idee, sich diesen Küchenchef anzuschauen?

Was mich betraf, so war dieser Mann der letzte Mensch, über den ich etwas hören wollte, weshalb ich Jack auch sogleich mit einem unwilligen Knurren zum Schweigen brachte, Hobo heranpfiff und aufgebracht im Laufschritt zu meiner Hütte zurückmarschierte. Jack sah mir völlig verdattert nach. Nachdem ich mich beruhigt hatte, tat es mir leid, ihn so unfreundlich behandelt zu haben, und ich nahm mir vor, mich später bei ihm zu entschuldigen.

Jedenfalls bestätigte die Geschichte mich darin, dass ich recht gehabt hatte, nichts von diesem Antoine, oder wie er hieß, wissen zu wollen. Natürlich hatte ich eine Internetsuche gestartet, um mich zu informieren, und gleich beim ersten Link gespürt, dass der Mann ein Schaumschläger war. Josie mochte ich das nicht sagen, sie war ja ganz besoffen gewesen von der Aussicht, mit ihm arbeiten zu dürfen. Langsam vermochte ich nicht mehr nachzuhalten, wie oft sie von ihm geschwärmt hatte. Mit einer Begeisterung, als könnte der Kerl übers Wasser wandeln.

Ihr gastronomisches Talent zweifelte ich zwar keine Sekunde lang an, aber nachdem ich den Facebookpost gesehen hatte, ahnte ich tief in meinem Herzen, dass es nicht allein ihre Kochkünste waren, die den Chef an Josie gereizt hatten.

Er wollte sie. Meine Josie.

Mein Handy kündigte eine Nachricht von ihr an.

Alles okay? Hab nichts von dir gehört.

Bist du wieder in Ponder?

Da ich nach wie vor durch den Wind und überdies ein wenig angesäuert war, hielt ich meine Antwort kurz.

Ja.

Kannst du reden?

Ich wog meine Möglichkeiten ab. Da ich es gewesen war, der darauf bestanden hatte, dass sie mir nichts von ihrem Chef erzählte, wäre es jetzt ein Fehler zu gestehen, dass ich im Internet unterwegs gewesen war, um mich über diesen Antoine schlauzumachen. So wie mir momentan zumute war, würde ich bloß wie ein eifersüchtiger Trottel klingen.

Okay, schön, ich war ein eifersüchtiger Trottel und unvernünftig dazu, doch ich kam nicht gegen meine Gefühle an. Mich beschlich die ungute Ahnung, dass ich im Begriff war, sie zu verlieren, und ich wusste nicht, was ich dagegen tun sollte. Deshalb starrte ich ratlos den Text an und überlegte, was ich antworten sollte, ohne dass mir etwas Gescheites eingefallen wäre.

Sorry. Bin beschäftigt.

Dann später?

Sicher.

Dankbar für den Aufschub, schob ich mein Telefon in meine Tasche zurück und machte mich daran, die Klinge des Bürgerkriegsschwerts zu polieren, die ich mittlerweile erneuert hatte. Hobo saß neben mir auf dem Boden der Werkstatt und warf mir neugierige Blicke zu. Trotz der Ablenkung weigerten sich meine kleinen grauen Gehirnzellen, das Foto von Josie und ihrem Chef loszulassen. Meine Kiefer mahlten bei der

Erinnerung an ihr Lächeln. Ich wollte den Mann anbrüllen, den Arm von ihr wegzunehmen. Total albern. In meiner Eifersucht war ich zu keinem klaren Gedanken mehr fähig, und das war noch milde ausgedrückt.

Bevor ich das nächste Mal mit Josie telefonierte, musste ich emotional ein paar Gänge runterschalten, sonst machte ich am Ende alles nur schlimmer und beraubte mich meiner letzten Chancen. Was hatte mein Schwager Drew gleich empfohlen? Dass ich einen Plan brauchte. Leider hatte er mir nicht verraten, wie der aussehen könnte.

Gedankenverloren blickte ich auf das Schwert in meiner Hand. Auf das Ergebnis konnte ich mit Recht stolz sein, denn die Kopie war mir ausnehmend gut gelungen, sodass der neue Besitzer bestimmt glücklich über dieses besondere Geburtstagsgeschenk sein würde, das seine Frau heimlich bei mir in Auftrag gegeben hatte. Der Mann war ein bekannter Bürgerkriegshistoriker und machte Führungen auf dem Schlachtfeld von Gettysburg. Ich hoffte zuversichtlich, dass diese wunderschön gearbeitete Waffe als Familienerbstück von einer Generation an die nächste weitergegeben würde.

Und mir zeigte das Schwert unversehens einen Plan auf.

Obwohl ich es eher selten tat, hatte ich aus irgendeinem Grund, den ich nicht zu benennen wusste, beschlossen, das Schwert selbst bei dem Kunden an der Ostküste abzuliefern. Und bei Flügen aus Fairbanks aufs Festland war Seattle ein viel benutztes Drehkreuz. War das nicht ein Wink des Schicksals?

Außerdem hatten wir ohnehin über die Möglichkeit eines Besuchs meinerseits geredet, und wenn ich mich recht erinnerte, hatte ich es ihr sogar fest versprochen. Damals hatte sie mich regelrecht bedrängt, zu ihr in ihre Heimatstadt zu kommen. Lange wegbleiben konnte ich allerdings nicht. Das war das Problem. Der Zwischenstopp würde kaum mehr als zwei Tage dauern.

Wie sollte ich ihr aber in einer so knapp bemessenen Zeitspanne beweisen, dass es mir ernst mit ihr war?

Nach wie vor liebte ich sie und wünschte mir nichts sehnlicher, als mir mit ihr ein Leben aufzubauen und eine Familie zu gründen. Ursprünglich hatte ich ihr eine Frist von einem Jahr gesetzt, um über meinen Heiratsantrag nachzudenken und eine Entscheidung zu fällen, ob sie nun wollte oder nicht. Inzwischen fand ich jedoch, dass ein Jahr zu lang war. Je mehr Zeit ins Land ging, desto mehr würden meine Chancen sinken, sie für mich zu gewinnen, davon war ich überzeugt. Vielleicht musste ich wirklich etwas offensiver vorgehen, anstatt mich großmütig in Geduld zu üben.

Ich legte das Schwert zur Seite, ging hinüber ins

Wohnzimmer und schaltete meinen Computer ein. In diesem Augenblick öffnete sich die Tür, und Jack kam herein. Zunächst sagte er nichts, was mir verriet, dass er erst mal meine Stimmung einzuschätzen versuchte, nachdem ich ihn mittags nach meiner Rückkehr aus Fairbanks so rüde abgekanzelt hatte.

»Tut mir leid wegen vorhin«, murmelte ich.

»Kein Problem, längst vergessen.«

»Du hast verstanden, was ich dir zu sagen versucht habe, richtig?«

Er legte sich einen Finger auf die Lippen und bewegte ihn von links nach rechts. *Meine Lippen sind versiegelt*, wollte er mir damit zu verstehen geben.

»Du möchtest nicht, dass ich über du weißt schon wen rede«, fügte er noch hinzu.

»Ganz genau.« Ich grinste, um ihm zu signalisieren, dass ich dankbar war, keine weiteren Erklärungen abgeben zu müssen.

Jack hatte noch nie zu der nachtragenden Sorte Mensch gehört und nahm meine Entschuldigung ohne weitere Umstände an.

»Was machst du da gerade?«, erkundigte er sich und ließ sich auf den Küchenstuhl neben mir fallen.

»Ich buche einen Flug«, beschied ich ihn kurz und wollte eigentlich nicht groß über meine Reisepläne sprechen.

»Wohin?«

»Nach Pennsylvania, Pittsburgh. Ich liefere das

Schwert, dem ich gerade den letzten Schliff gebe, persönlich ab. Es ist ein zu wertvolles Stück, um es einem Paketdienst anzuvertrauen«, erklärte ich, bevor ich weiter die Flugangebote checkte.

»Wann reist du ab? Bald vermutlich, nicht wahr? Schätze, du machst einen Zwischenstopp, um Josie zu besuchen. Das wäre wahrscheinlich eine gute Idee, wenn sie mit diesem …«

Er unterbrach sich und machte erneut die Reißverschlussbewegung, während ich genervt seufzte. Da ich mich ohnehin mies genug fühlte, konnte ich nichts weniger gebrauchen als Jack, der mich ständig daran erinnerte, dass Josie jeden Tag Zeit mit ihrem Chef verbrachte und ich über zweitausend Meilen weit weg war, Däumchen drehte und vor Eifersucht kochte.

»Ich weiß noch nicht genau, wann. Warum?«

Jack verrenkte sich den Hals, um den Bildschirm besser sehen zu können.

»Vielleicht habe ich selber vor zu verreisen«, bequemte er sich schließlich zu verkünden. »Wäre vielleicht das Beste, wenn wir zur selben Zeit aufbrächen und zurückkämen. Das spart Geld für Sawyers Zubringerdienste, dann können wir nämlich zwei Fliegen mit einer Klappe schlagen.«

Jack buchte einen Flug? In all den Jahren, die ich ihn kannte, hatte er sich nie weiter als ein paar hundert Meilen von Ponder entfernt.

»Wo willst *du* denn hin?« Jetzt war ich es, der seine Neugier nicht bezähmen konnte.

Verlegen rieb er sich über seinen Bart. »Das würde ich lieber für mich behalten.«

Ich drehte mich um und sah meinen schlitzohrigen Freund verwundert an. »Wie bitte?«

»Meine Lippen sind versiegelt«, erinnerte er mich.

Wenn er Geheimnisse hatte, die er nicht preisgeben mochte, sollte mir das recht sein. Immerhin war er erwachsen genug, um ohne meine Zustimmung irgendwohin zu fliegen.

Wobei es ihn selbst wahnsinnig zu machen schien, dass ich nicht weiterbohrte. Er platzte fast vor Ungeduld, mir alles brühwarm zu erzählen. Trotzdem ließ ich ihn schmoren, das würde dem neugierigen Kerl mal richtig guttun.

»Wenn du eine Reise planst, wäre es in der Tat nicht schlecht, wenn wir uns mit Sawyer abstimmen und einen Spezialpreis aushandeln könnten«, griff ich nach einer Weile das Thema wieder auf.

Jack kniff die Augen zusammen, bis sie fast in seinen buschigen Brauen verschwanden.

»Die Sache sieht folgendermaßen aus: Ich würde dir gerne ein paar Einzelheiten anvertrauen, wenn es dich wirklich interessiert.«

Ich zuckte die Achseln. »Das ist allein deine Entscheidung, mein Freund.«

Allmählich gelangte ich zu dem Schluss, dass er

online eine Frau kennengelernt hatte und demnächst ein Rendezvous mit ihr plante.

Er beugte sich verschwörerisch vor und dämpfte seine Stimme zu einem Flüstern, als würde jemand unser Gespräch belauschen.

»Ich will Josie besuchen.«

»Josie?«

»Wir haben an Thanksgiving miteinander gesprochen.«

»Sie hat dich angerufen?«, rutschte es mir gleichermaßen perplex wie entsetzt heraus.

Fieberhaft überlegte ich, was es damit auf sich haben konnte. Zugegeben, ich hatte an dem Tag, als ich nicht wusste, wo mir der Kopf stand, einen Anruf von ihr auf die Mailbox gehen lassen. Aber musste sie da gleich Jack anrufen? Was steckte dahinter?

Mit einem selbstgefälligen Gesichtsausdruck lehnte Jack sich in seinem Stuhl zurück, verschränkte die Arme und klärte mich auf.

»Nein, sie hat nicht mich angerufen, ich habe bei ihr angeklingelt. Auf ihrer Festnetznummer, weil sie nicht an ihr Handy gegangen ist.«

»Wo hattest du die denn her?«

»Das werde ich dir nicht verraten, falls der Sheriff Wind von der Sache kriegt.«

So langsam wurde ich ärgerlich. »Hör auf, lauter Unsinn zu reden, und erklär mir lieber klar und deutlich, was Sache ist.«

Er gab das alberne Getue nicht auf. »Ich ziehe dich nicht hinein«, tönte er großspurig. »Möchte nicht, dass du für etwas brummst, was ich getan habe.«

Resigniert hob ich beide Hände. Was sollte ich mit diesem Schwachkopf anfangen? Ich kannte Jack mittlerweile so viele Jahre und hätte nie geglaubt, dass es noch etwas gab, was mich bei ihm überraschen würde. Nun, da hatte ich mich offenbar geirrt. Da es mir die Sprache verschlagen hatte, starrte ich ihn lediglich fassungslos an.

»Willst du wissen, was sie gesagt hat?«, fragte er und grinste dabei von einem Ohr zum anderen. »Oder interessiert es dich nicht? Du musst es bloß sagen.«

Jetzt zwang er mich zu allem Überfluss dazu, um Auskünfte zu betteln. Erniedrigend, doch anders würde er nicht bereit sein, mit weiteren Informationen herauszurücken.

»Okay, erzähl mir, was sie gesagt hat.«

»Darf ich *seinen* Namen erwähnen?«

»Nein«, schnaubte ich wie ein gereizter Stier in der Arena.

»Also dann. Es war spät, und sie klang wirklich sehr, sehr müde.«

»Sie arbeitet zu viel«, warf ich ein. »Dieser Küchenchef beutet sie aus. Von morgens bis abends.«

»Abgesehen von dem, der namenlos bleiben soll, hat sie nicht über ihre Arbeit geredet. Sie hat sich wirklich gefreut, von mir zu hören.«

Ich nickte. Josie fragte bei unseren Telefongesprächen häufig nach Jack. Offenbar vermisste sie ihn ehrlich, wenngleich er ganz schön lästig werden konnte. Besonders, wenn's ums Essen ging.

»Sie hat mich eingeladen, sie in Seattle zu besuchen. Dann würde sie was Tolles für mich kochen, hat sie versprochen.«

Aha, das war also der Grund, warum er einen Flug buchen wollte. Dass er allerdings für eine einzige Esseneinladung so viel Kosten und Mühen auf sich zu nehmen bereit war, verwunderte mich.

»Sie sagte, ich könne jederzeit kommen. Je eher, desto besser, habe ich daraufhin überlegt. Schmiede das Eisen, solange es heiß ist, sagt man schließlich. Und da du ohnehin in dieselbe Richtung willst, dachte ich, wir könnten uns zusammentun.«

Das entsprach nicht gerade dem Plan, der mir vorschwebte, andererseits erwies es sich möglicherweise als Vorteil, wenn Jack mich begleitete.

»Ich glaube fest daran, dass wir zwei sie mit vereinten Kräften überzeugen können, nach Ponder zurückzukehren«, fügte Jack hinzu. »Sie vermisst uns nämlich sehr.«

»Es lohnt sich zumindest, darüber nachzudenken«, räumte ich ein, ohne mich bereits endgültig festzulegen, da Jacks Ratschläge bei meinem ersten Versuch ja nicht unbedingt der Brüller gewesen waren.

»Du lächelst«, stellte Jack grinsend fest. »Zum ersten Mal seit langer Zeit.«

Er war nicht dabei gewesen, wenn Josie und ich am Telefon hingen. Zum Glück, konnte ich nur sagen.

»Du bist also einverstanden, dass ich mit dir nach Seattle fliege?«

»Langsam, ich habe gesagt, dass ich darüber nachdenken werde.«

»Was gibt es denn da groß nachzudenken?«, protestierte er und riss seine Augen weit auf. »Willst du Josie nun zurückgewinnen oder nicht? Dir müsste im Grunde klar sein, dass ich deine beste Chance bin.«

»Darüber lässt sich streiten«, grummelte ich.

Jack überhörte das geflissentlich. »Ich habe eine Idee.«

Ideen und Jack, das konnte gefährlich werden.

»Wir überraschen sie«, platzte er aufgeregt heraus, »verraten ihr nicht, dass wir kommen, und kreuzen einfach in dem Restaurant auf, in dem sie kocht. Das wird eine echte Weihnachtsüberraschung. Was hältst du davon?«

Keine schlechte Idee, dachte ich bei mir, sie würde mir immerhin eine Gelegenheit verschaffen, mich mit eigenen Augen davon zu überzeugen, was für eine Beziehung sie mit ihrem Chef verband.

»Palmer?«, riss Jack mich aus meinen Gedanken und schaute mich herausfordernd an, als wartete er auf eine Reaktion.

»In Ordnung, klingt gut, sollten wir vielleicht so machen«, willigte ich ein.

»Und als Bonus könnten wir Josie vielleicht überreden, für uns zu kochen«, strahlte er. »Vielleicht mein Stroganoff, außer sie haben es inzwischen auf der Speisekarte.«

»Keine Ahnung, wer weiß, möglicherweise ist ihnen ja ein Elch in die Quere gekommen«, zog ich ihn auf, bevor ich auf die Modalitäten unserer gemeinsamen Reise zu sprechen kam. »Ich kann nicht lange bleiben, erst mal muss ich sowieso nach Pennsylvania«, erinnerte ich ihn. »Das muss dir klar sein. Und dann hängt die Dauer meines Aufenthalts nicht zuletzt davon ab, wie Josie reagiert.«

Wie nicht anders zu erwarten, hatte Jack einen Plan B in der Tasche. »Wir machen das ganz anders. Du erledigst, was du in Pennsylvania zu tun hast, und kommst anschließend noch einmal nach Seattle. Dann bleibt dir mehr Zeit mit Josie, und ich werde während deiner Abwesenheit ein bisschen herumschnüffeln und dir berichten, was ich über den Meisterkoch herausgefunden habe.«

Ich schüttelte den Kopf, das war wieder so eine Schnapsidee, die mehr Schaden als Nutzen bringen konnte. Außerdem wollte ich nicht, dass Jack Josie ausspionierte.

»Danke nein. Ich denke, das sollten Josie und ich unter uns klären.«

»Bist du sicher?«, hakte er sichtlich enttäuscht nach.

Ich versicherte ihm, dass dem so sei, obwohl ich mir in meinem ganzen Leben bezüglich einer Sache nie weniger sicher gewesen war.

12. Kapitel

Josie

»Bis dann, ich gehe jetzt zur Arbeit«, sagte ich beiläufig auf dem Weg zur Tür.

»Josie.« Meine Mutter kam fahrig und nervös aus der Küche gelaufen. »Denk dran, ich bin heute über Nacht weg und werde erst spät am Sonntagabend zurückkommen.«

»Mom, das hast du mir bestimmt schon dreimal gesagt.«

Ich wusste nicht, was mit meiner Mutter los war, aber ganz offensichtlich ging hier irgendetwas vor, was sie mir verschwieg.

Auch mit Palmer stimmte etwas nicht. Seit Thanksgiving hatten wir kaum miteinander gesprochen, und die wenigen kurzen Telefonate waren mir gekünstelt und gezwungen vorgekommen. Beide Male hatte ich ihn gefragt, ob es ein Problem gebe, was er beide Male energisch abgestritten hatte. Es war alles äußerst merkwürdig. Zwar schickten wir uns weiterhin regelmäßig Textnachrichten, doch sie wirkten auf mich fast so, als wäre es für ihn eine Strafe, von mir zu hören.

»Kommst du ohne mich zurecht?«, rief meine Mutter mir nach, bevor ich zur Tür hinaus war.

»Natürlich. Viel Spaß, und macht euch einen schönen Tag.«

»Den werden wir sicher haben«, meinte sie, wirkte aber sichtlich betrübt, weil ich nicht mit von der Partie sein konnte.

»Mom, zieh los und amüsier dich. Nächstes Jahr habe ich hoffentlich wieder mehr Zeit, um bei deinen vorweihnachtlichen Unternehmungen dabei zu sein.«

Statt von mir würde sie diesmal von ihrer Freundin Carol begleitet werden. Auf dem Plan stand ein Ausflug zu dem idyllischen, im bayrischen Stil gehaltenen Dorf Leavenworth in den Cascade Mountains. Die beiden wollten den Tag damit verbringen, in den pittoresken Läden herumzustöbern. Der kleine, zu dieser Jahreszeit festlich geschmückte Ort war nämlich ein Weihnachtstraum und erweckte vor allem bei Schnee den Eindruck, als befände man sich in einem Winterwunderland. Eine Fahrt nach Leavenworth gehörte seit meiner Kindheit zu unseren vorweihnachtlichen Ritualen.

Leider nicht dieses Jahr.

Aufgrund meines verschärften Arbeitspensums hatte ich keine Zeit für irgendeine unserer üblichen

Traditionen. Ich hatte bisher nicht ein einziges Plätzchen gebacken und auch keine Pralinen nach unserem Familienrezept hergestellt oder gar eigene Kreationen ausprobiert. Das Früchtebrot hatte Mom ohne mich in Angriff genommen, was sich ebenfalls irgendwie falsch anfühlte.

Anders ausgedrückt: Ich verpasste meine Lieblingszeit des Jahres.

Als ich mich nach der Highschool entschlossen hatte, eine renommierte Kochschule zu besuchen, war es mein Traum gewesen, mir ausgefallene Rezepte auszudenken und immer neue Gerichte zu kreieren. Ein Wunsch, der sich in der Lodge nicht unbedingt hatte realisieren lassen, dafür war ich bei der Gestaltung der Speisekarte völlig frei gewesen und durfte die Menüs nach eigenem Gutdünken zusammenstellen. Jetzt hingegen, in einem Restaurant, wo Kreativität eigentlich das Maß aller Dinge sein sollte, wurde ich von meinem Chef ausgebremst und kam nicht wirklich dazu, meine Talente zu entfalten.

Außer bei dem Einstiegsmenü ganz am Anfang hatte er mir keinerlei kreative Freiheit mehr gelassen und mir keine Chance gegeben, meine Originalität unter Beweis zu stellen. Nicht mal Menüvorschläge durfte ich machen. Als ich einmal in Abwesenheit Antoines versucht hatte, einem Gericht eine persönliche Note hinzuzufügen, war ich sogar scharf getadelt worden. Dabei hatte der große Meister nur davon erfahren, weil ein Gast das veränderte Rezept gelobt hatte, was der Chef sich natürlich auf seine Fahnen geschrieben hatte, wie ich von einem Kellner erfuhr. Die positive Beurteilung an mich weiterzugeben, auf die Idee war er nicht gekommen, da zählte lediglich meine Eigenmächtigkeit.

Von wachsender Frustration erfüllt, verließ ich das Haus. So wie es aussah, würde ich in meinem jetzigen Job nicht den Karriereschub erleben, den ich mir erhofft hatte. Um fair zu bleiben, musste ich allerdings zugeben, dass ich selbst unduldsam geworden war und ständig überlegte, ob ich nicht die Prioritäten falsch gesetzt hatte, indem ich von beruflichen Luftschlössern geträumt und dafür mein Herz in Ponder zurückgelassen hatte. Jetzt fieberte ich jeder Nachricht von Palmer entgegen und hatte Angst, ihn zu verlieren. Ständig wurde ich von Zweifeln geplagt, war unruhig und gereizt, bekam deshalb nicht genug Schlaf und hatte keinen Appetit mehr.

Meiner Mutter blieb das nicht verborgen, sie erkannte meinen gefühlsmäßigen Zwiespalt. Zwar hatte sie bislang das Thema nicht angesprochen, aber ich spürte, dass sie bereit war, mich gehen zu lassen, sofern ich es wollte. Sie hatte sich in dem vergangenen halben Jahr daran gewöhnt, ohne mich zu leben, mit ihren Freundinnen eine Menge zu unternehmen und ihr eigenes Leben zu führen. Manchmal hatte ich sogar den Eindruck, dass sie sich durch mich in ihrer neu gewonnenen Freiheit eingeschränkt fühlte. Vermutlich eine völlig normale Entwicklung

Für mich war es eine gewisse Erleichterung, denn ich musste mich nicht mehr fragen, ob ich es meiner Mutter antun konnte, Seattle zu verlassen. Wahrscheinlich war es sogar an der Zeit für mich auszuziehen. Auch ich hatte mich schließlich verändert, war durch das Leben in Alaska unabhängiger geworden. Ich liebte meine Mutter und war ihr dankbar, doch ich merkte, dass wir einander nicht mehr brauchten und beide bereit waren, künftig ohne die andere zu leben.

Als ich im Restaurant ankam, kochte mein Chef gerade vor Wut. Bei der Gemüselieferung hatte es ein heilloses Durcheinander gegeben. Statt der bestellten Menge an Broccoli und Blumenkohl hatte der Großhändler die dreifache Menge an Radieschen angekarrt. Antoine hatte sich in einen fulminanten Tobsuchtsanfall hineingesteigert, gab jedem in der Küche die Schuld und schimpfte lautstark, es handele sich nicht um einen Irrtum, sondern um einen bösartigen Versuch, ihn und seinen Ruf zu sabotieren. Ob er den Lieferanten oder sein Küchenteam meinte, blieb unklar, spielte für ihn aber ohnehin keine Rolle.

»Raus, alle miteinander! Raus aus meiner Küche!«, tobte er, als ich den Raum betrat. Er durchbohrte mich und den Rest des Personals mit giftigen Blicken.

»Ihr seid alle gefeuert! Jeder Einzelne von euch. Und jetzt lasst mich allein«, schloss er und entließ uns mit einem dramatischen Schwenken der Hand in Richtung Tür.

Die Köche wie die Hilfskräfte standen wie erstarrt da und wussten nicht, was sie tun sollten. Aller Augen waren in der Hoffnung auf mich gerichtet, dass ich das Problem aus der Welt schaffen konnte. Was als Souschef durchaus zu meinen Aufgaben gehörte, zumindest wenn mein Vorgesetzter nicht anwesend war. Also machte ich mich auf den Weg ins Büro.

»Chef, ich bin sicher, das lässt sich wieder in Ordnung bringen«, sagte ich so ruhig, wie es mir möglich war.

»Dann bring es in Ordnung. Fünfzig Bund Radieschen! Was soll ich damit anfangen?«, schäumte er. »Geht die falsche Lieferung auf deine Kappe?«

»Nein, natürlich nicht. Vermutlich handelt es sich um einen Fehler des Großhändlers.«

Da ich als diejenige, die alle Bestellungen aufgab, zugleich für die Richtigkeit der Lieferungen verantwortlich war, griff ich nach dem Telefon und rief den Großhändler an, um die falsche Lieferung zu reklamieren. Um klarzustellen, dass es sich nicht um ein Komplott handelte, stellte ich das Telefon laut und ließ den Manager der Firma zur Kontrolle die Bestellung vorlesen. Fünfzig Bund Radieschen waren nicht dabei.

Dennoch war das Problem damit nicht aus der Welt geschafft, da derzeit kein Transporter zur Verfügung stand, um uns die richtigen Zutaten für unser Tagesmenü zu bringen. Ganz davon abgesehen, dass Broccoli und Blumenkohl ohnehin nicht in den von uns benötigten Mengen zur Verfügung stünden, hieß es. Offenbar sei einem der Gemüsebauern ein bedauerlicher Irrtum unterlaufen.

Was nun?

Der Meister erblasste bei diesen Neuigkeiten und fuhr sich mit den Händen durch die Haare.

»Radieschen! Was zum Teufel soll ich mit Radieschen?«

Fieberhaft dachte ich nach, und schnell kamen mir ein paar Rezeptideen.

»Wir könnten einen Radieschen-Yambohnen-Salat machen und Melonenbällchen mit Radieschen ... Oder wie wäre es mit einem Gurken-Radieschen-Carpaccio?«

Das Personal stand stocksteif dabei und verzog keine Miene, während Antoine sich langsam beruhigte. Trotz aller Diskrepanzen war ich in solchen Situationen die Einzige, die einen mäßigenden Einfluss auf ihn hatte. Er selbst vermochte mit Krisen so gut wie gar nicht umzugehen, sodass ich mich manchmal fragte, wie es ihm überhaupt gelungen war, zum Küchenchef aufzusteigen und sogar selbst einige Restaurants zu eröffnen.

Jetzt sah er erst mich, dann den Rest des Teams an.

»Okay, dann kümmer dich darum«, knurrte er, verließ die Küche und zog sich wieder in sein Büro zurück.

Nicht nur sämtliche Mitarbeiter seufzten erleichtert. Ich auch.

Als ich diesen Job vor einer gefühlten Ewigkeit bekommen hatte, war es mir wie eine Auszeichnung vorgekommen, fast schon wie ein Ritterschlag, mit dem man in den Olymp der Küchengötter aufgenommen wurde, nunmehr, kaum einen Monat später, kam er mir mehr und mehr wie eine Haftstrafe vor. Ich fragte mich, ob diejenigen, die nicht ausgewählt worden waren, wohl ahnten, welches Glück sie gehabt hatten.

Nachdem der Maître mir freie Hand gegeben hatte, war ich den ganzen Tag damit beschäftigt, die Radieschenrezepte noch einmal zu verfeinern und mir eine kunstvolle Präsentation zu überlegen. Und soweit ich das beurteilen konnte, gelang mir das, wenn ich die Nachfrage unserer Abendgäste als Messlatte nahm. In Restaurants dieses Niveaus waren Vielfalt und Abwechslung sowieso das A und O des Erfolgs.

Der erste Ansturm war bereits vorüber, als Lizzy vom Servicepersonal auf mich zukam.

»Zwei Gäste an Tisch sechzehn möchten dich sprechen.«

Nanu, dachte ich, was sollte das jetzt? Normalerweise verlangten Gäste, die irgendein Anliegen hatten, egal ob es sich um Lob oder Beschwerde handelte, nach dem Küchenchef und nach keinem anderen.

»Sie sagten, sie seien persönliche Freunde«, fügte sie erklärend hinzu.

»Haben sie ihre Namen genannt?«, erkundigte ich mich. »Eigentlich habe ich zu viel zu tun, um die Küche zu verlassen, wenn es nicht zwingend notwendig ist.«

»Nein, haben sie nicht.« Lizzy schüttelte den Kopf.

»Wollen sie sich über das Essen beschweren?«

»Ganz im Gegenteil. Einer hat regelrecht davon geschwärmt.«

»Und sie haben ausdrücklich nach mir gefragt? Namentlich?«, bohrte ich weiter, während ich einen Teller überprüfte, bevor er hinausgebracht wurde.

Lizzy bestätigte das mit einem Nicken. »Einer ist älter, so um die fünfzig. Er hat einen Bart und trägt seine Haare ziemlich lang. Der andere ist jünger, bartlos und sieht einfach umwerfend aus. So ein Typ, dem man gerne im Dunkeln mal begegnen möchte«, erklärte sie mit leuchtenden Augen.

So langsam überkam mich eine vage Ahnung. War das etwa Jack? Zumindest hörte es sich ganz so an. Andererseits schien es mir unmöglich, dass der verrückte Kerl meine Einladung so ernst genommen hatte, dass er sich quasi umgehend in einen Flieger setzte, um sich ein Essen in Seattle abzuholen. Wobei

Jack natürlich alles zuzutrauen war. Und falls er es war, wer konnte dann sein Begleiter sein? Eigentlich kam lediglich einer infrage. Palmer.

Er war es tatsächlich, wie ich feststellte, als ich kurz um die Ecke spähte, bloß trug er keinen Bart. Hatte er ihn womöglich abgenommen, weil ich mich irgendwann einmal darüber beschwert hatte, dass er beim Küssen kitzle?

Meine Hand wanderte unwillkürlich zu meinem Herzen, das inzwischen so wild klopfte, als würde es gleich aus meiner Brust springen.

»Soll ich ihnen sagen, dass du keine Zeit hast?«, erkundigte sich Lizzy.

»Nein.« Ich dachte nach. »Sag ihnen, ich bin in ein paar Minuten bei ihnen.«

»Bist du sicher?«

»Ja, ganz sicher.«

Ich biss mir auf die Unterlippe, riss mir die fleckige Schürze herunter, die ich über meiner Jacke trug, und versuchte mich zu beruhigen, bevor ich es wagen konnte, in das Restaurant hinauszugehen und mich den beiden Männern an Tisch sechzehn zu stellen.

»Wie sehe ich aus?«, fragte ich Lizzy, die gerade in die Küche zurückkam, und betete insgeheim, sie möge mir versichern, dass ich so frisch aussähe wie der junge Tag.

Erwartungsgemäß tat sie das nicht, sondern zog mit einem bedauernden Blick die Augenbrauen hoch und zuckte mit den Schultern. In diesem Moment wusste ich Bescheid. Ich sah genauso mies aus, wie ich mich fühlte. Abgekämpft, ausgelaugt und müde.

»Schon gut«, murmelte ich, schnappte mir meine Handtasche, die in einem Regal lag, und rannte zur Toilette.

Mutlos betrachtete ich mich im Spiegel. Verheerend, ein anderes Wort fiel mir nicht ein. Die Haare unter der Kochmütze wirr und schweißnass, das Make-up weggeschwitzt, die Augen von zerlaufener Wimperntusche schwarz umrandet. Hastig versuchte ich die schlimmsten Schäden zu beseitigen, die Haare zu ordnen, das Make-up zu erneuern und Lipgloss aufzutragen.

Dann stützte ich die Hände aufs Waschbecken und atmete tief durch, um mich für die Begegnung zu wappnen.

Gleichzeitig mahnte ich mich zur Ruhe. Es musste sich bei den Gästen ja nicht zwangsläufig um Jack und Palmer handeln, es konnten genauso gut zwei Fremde sein, die nach dem Koch gefragt hatten. Nein, unmöglich. Laut Lizzy hatten sie ausdrücklich nach mir gefragt, namentlich.

Es half nichts. Ich musste rausgehen und nachschauen, sonst würde ich es nie erfahren. Hocherhobenen Hauptes verließ ich den Toilettenraum und schritt wie eine Königin durch die Küche hinüber ins Restaurant. Dort waren zu meinem Glück die Lampen gedimmt und sorgten für ein warmes Licht. In einer Ecke stand ein geschmückter Weihnachtsbaum. Durch die deckenhohen Fenster sah man hinaus auf den Puget Sound und die Uferpromenade, auf der illuminierte Sterne und Engel ebenfalls eine weihnachtliche Atmosphäre verbreiteten. Eine Fähre auf dem Weg nach Bainbridge Island verließ gerade das Dock, auch sie über alle Toppen beleuchtet. Ein rundum malerischer Anblick.

Dann hatte ich den Bereich des Speiseraums erreicht, in dem sich Tisch sechzehn befand. Ein Blick genügte, und ich sah ihn. Ich spürte, wie sich sein Blick an mir festsaugte.

»Palmer«, flüsterte ich und ging auf ihn zu.

Er legte seine Serviette auf den Tisch, stand auf und streckte mir die Hand hin. Ich ergriff sie, und meine Finger schlossen sich um seine. Es fiel mir schwer, dem Drang zu widerstehen, mich in seine Arme zu werfen. Zaghaft strich ich über seine ungewohnt glatten Wangen.

»Wo ist dein Bart geblieben?«, fragte ich leise.

Er errötete und wirkte ein wenig verlegen. »Ich dachte, du würdest mich vielleicht gern einmal ohne Haare im Gesicht sehen.«

Ich lachte. »Einen schönen Mann wie dich kann nichts entstellen.«

Er sah wirklich umwerfend aus in dem schicken hellblauen Hemd und einer gut geschnittenen, modischen Hose. Es war das erste Mal, dass ich ihn in etwas anderem als einem karierten Wollhemd und Arbeitsjeans sah.

Jack hingegen schien sich über meine Worte zu amüsieren. »Jede Wette, dass dich in deinem Leben noch nie jemand als schön bezeichnet hat, Palmer.« Dann wandte er sich leicht gekränkt an mich. »Und was ist mit mir, Josie? Sehe ich nicht gut aus? Bin ich etwa kein schöner Mann? Ich habe extra meinen Bart geschnitten und mir ein neues Hemd gekauft.« Er schob die Daumen unter seine roten Hosenträger und hielt sie von seiner Brust weg, während er auf den Zehenspitzen wippte. »Mehr herausputzen konnte ich mich wirklich nicht.«

»Du bist eine echte Augenweide«, versicherte ich ihm, beugte mich vor und küsste ihn auf die Wange. »Ich bin ja so froh, dass ihr beide hier seid.«

Jack nickte selbstgefällig, fühlte sich sichtlich geehrt durch den geschraubten Ausdruck Augenweide, mit dem ich ihn bedacht hatte und den er bislang kaum je gehört haben dürfte.

»Und du hast wirklich die lange Reise gemacht, um dir dein Dinner abzuholen?«

»Du hast gesagt, ich könnte kommen«, erinnerte Jack mich.

»Das habe ich nicht vergessen, und ich freue mich schrecklich, dass du meiner Einladung tatsächlich gefolgt bist und Palmer mitgebracht hast«, versicherte ich und fügte, da sie mit dem Essen so gut wie fertig waren, aus reiner Gewohnheit hinzu: »Und war alles zu eurer Zufriedenheit?«

Jack sah Palmer an und kicherte. »Hör dir das an, unsere Josie redet so hochgestochen wie einer dieser Nobelköche.«

»Woher willst du das wissen? Verkehrst du öfter in derartigen Etablissements?«, machte Palmer sich über ihn lustig, bevor er sich an mich wandte. »Zu deiner Frage: Das Essen war ganz ausgezeichnet und hat alle unsere Erwartungen übertroffen.«

»Was war das eigentlich für eine lauwarme Beilage?«, warf Jack ein und deutete leicht angewidert auf einen kleinen Rest auf seinem Teller.

»Radieschensalat.«

»Radieschen?«, wiederholte er und schien es nicht ganz zu glauben. »Bärenfleisch wäre mir lieber gewesen«, nörgelte er. »Was ist das überhaupt für ein Restaurant, das kein Wild serviert?«

Ich tauschte ein Lächeln mit Palmer. »Okay, ich werde es dem Küchenchef ausrichten und sehen, ob ich was für dich tun kann.«

Mein Blick kehrte zu Palmer zurück, weil ich es nach wie vor nicht zu fassen vermochte, dass er wirklich und wahrhaftig vor mir saß. Und ihm schien es nicht anders zu ergehen. An der Art, wie seine Augen mich umfassten, erkannte ich, dass er ebenso Erleichterung und eine große Freude empfand. Ich konnte mich nicht erinnern, je in meinem Leben so glücklich gewesen zu sein wie in diesem Augenblick.

»Du siehst hinreißend aus.« Palmer dämpfte seine Stimme zu einem Flüstern.

Obwohl sein Kompliment übertrieben sein mochte, es war mir egal.

Niemand sah nach einem Tag in einer heißen Küche hinreißend aus, aber darauf kam es nicht an. Ich wusste, dass Palmer mir in Wirklichkeit zu verstehen geben wollte, dass er mich vermisst hatte und sich freute, mich endlich wiederzusehen.

Wie zufällig kam Lizzy mal wieder vorbeigeschlendert, und der Blick, den sie mir zuwarf, besagte deutlich, dass sie schrecklich gerne mit Palmer bekannt gemacht werden wollte.

»Möchte einer der Gentlemen vielleicht noch ein Dessert?«, erkundigte sie sich und schielte dabei erneut zu Palmer hinüber.

Zu ihrem unverhohlenen Bedauern zeigte Jack sich als Einziger interessiert.

»Dessert?«, sagte er, und sein Gesicht leuchtete auf wie die Lichter am Weihnachtsbaum.

»Das musst du Jack nicht zweimal anbieten«, erklärte ich, als Lizzy ihm die Dessertkarte reichte. »Das hier sind übrigens meine Freunde Jack und Palmer aus Ponder in Alaska. Dort habe ich gejobbt, bevor ich diese Stelle angenommen habe.«

»Stimmt es, was man über Männer aus Alaska

sagt?«, wollte Lizzy wissen, die es ganz offensichtlich auf einen kleinen Flirt mit Palmer angelegt hatte.

»Ich habe keine Ahnung, tut mir leid«, beschied er sie kurz und signalisierte ihr damit eindeutig sein Desinteresse, wofür ich ihn am liebsten auf der Stelle abgeküsst hätte.

Währenddessen hatte Jack sich in die Dessertkarte vertieft. »Kann ich möglicherweise mehr als eines bestellen?«

»Du darfst so viele bestellen, wie du willst«, erwiderte ich. »Du bist schließlich eingeladen, und das solltest du ausnutzen.«

»Glaubst du, dass du uns beim Kaffee Gesellschaft leisten könntest?«, fragte Palmer.

Bedauernd schüttelte ich den Kopf. »Ich fürchte, das geht nicht, das ist uns während der Arbeitszeit nicht erlaubt.« Ich spähte zögernd über meine Schulter zur Küche hinüber. »Mein Chef ist zwar nicht da, doch wenn er es erfährt, kriege ich Ärger.«

»Und wann machst du Feierabend?«

»Spät«, antwortete Lizzy an meiner Stelle. »Josie kommt morgens fast immer als Erste und geht abends als Letzte.«

Palmer runzelte die Stirn und wandte sich an mich. »Ist euer Küchenchef immer so streng mit seinen Mitarbeitern?«

»Na ja, sagen wir es mal so: Er bringt sich erheblich weniger ein, als ich gedacht hatte, sodass er das meiste auf andere ablädt. Und nein, besonders großzügig ist er nicht.«

»Dann mach heute einfach mal früher Schluss ohne seine Erlaubnis«, drängte Palmer.

Mehr als alles andere wünschte ich mir, das zu tun, aber es ging nicht allein um meinen Chef, sondern darum, dass ich meine Pflichten nicht einfach vernachlässigen konnte. Und auch nicht wollte.

»Nichts täte ich lieber, doch ich habe die Verantwortung für das Küchenteam und den Service, da kann ich mich nicht einfach verdrücken.«

Inzwischen hatte Jack bei Lizzy seine Bestellung aufgegeben. Seine Wahl war auf drei Desserts gefallen: den Brotpudding mit Ahornsirup und Espressobuttersoße, die dunkle Schokolade mit Meersalzkaramell und den Apfelkuchen mit Walnusscrunch.

»Was ist mit Ihnen?«, wandte Lizzy sich mit verführerischer Stimme an Palmer.

»Nichts, danke.« Er sah mich unverwandt an. »Was heißt spät bei dir?«

»Elf. Manchmal später«, entgegnete ich.

»Das muss reichen«, erwiderte er.

Jack gähnte. »Ihr zwei werdet euch heute Abend ohne mich treffen müssen, schätze ich. Ich bin nämlich nach diesem Flug hundemüde.«

»Falls du ebenfalls schlagtot bist, können wir uns genauso gut erst morgen früh sehen, wenn dir das lieber ist«, bot ich Palmer an.

Wobei ich zugegebenermaßen hoffte, dass er meinen Vorschlag ablehnte. Ich konnte es nämlich kaum erwarten, ihn ein paar Stunden für mich zu haben.

»Das geht nicht«, antwortete Jack wie aus der Pistole geschossen, ohne dass er gefragt worden wäre.

»Warum sollte das nicht gehen?«, hakte ich irritiert nach.

Palmer umfasste mich mit einem bedauernden Blick. »Weil ich morgen früh schon wieder abreisen muss.«

13. Kapitel

Josie

»Du reist ab?« Mehr sagte ich nicht, weil ich Angst hatte, in Tränen auszubrechen.

Palmer hier bei mir in Seattle zu haben war alles, was ich mir gewünscht hatte. Alles, wovon ich geträumt hatte. Und dann erfuhr ich, dass er am nächsten Tag gleich nach Pittsburgh weiterfliegen würde. Ich hatte das Gefühl, als ob jemand mir einen heftigen Schlag in die Magengrube versetzt hätte.

»Ja leider, mein Flug geht morgen früh«, bestätigte Palmer.

»Warum so früh?«

Es war grausam und unfair, ihn nur so kurz sehen zu können. Dabei gab es so vieles, worüber ich mit ihm reden wollte, reden musste. Über Verstimmungen und Missverständnisse etwa, die sich in letzter Zeit gehäuft eingeschlichen und unsere Beziehung unausgesprochen belastet hatten. Und natürlich darüber, wie es weitergehen sollte mit uns.

Nun schien es nicht möglich zu sein.

»Es tut mir leid, Josie, aber ich muss das Schwert bei dem Kunden abgeben, das habe ich zugesagt.«

»Natürlich«, gab ich bedrückt zurück, ohne mir Mühe zu geben, meine Enttäuschung zu verbergen.

Lizzy brachte Jacks drei Desserts und flüsterte mir drängend ins Ohr: »Der Chef ist aufgekreuzt. Er will, dass du sofort in die Küche kommst.«

In diesem Moment hätte mich nichts weniger interessieren können als das, was er wollte. Von mir aus konnte er einen Kopfsprung in einen dampfenden Haufen Kuhfladen machen. Unfähig, mich zu rühren, blieb ich am Tisch stehen und kämpfte gegen das Verlangen an, Palmer anzuflehen, in Seattle zu bleiben.

»Der Chef ist nicht gerade gut gelaunt«, drängte Lizzy.

»Mir egal.« Wenn das alles an Zeit war, was mir mit Palmer blieb, dann würde ich keine Sekunde davon verschwenden. Da konnte der große Meister Kopfstände machen.

Jack sprach die erlösenden Worte und bewahrte mich vor einem handfesten Krach.

»Reg dich nicht auf«, ermahnte er mich zwischen einem Bissen Brotpudding und einer Gabel voll Apfelkuchen. »Er kommt ja hierher zurück, wenn er in Gettysburg war. Ich verstehe nicht, warum er dir das nicht gleich gesagt hat«, fügte er hinzu und probierte das dritte Dessert.

Ich sah Palmer fragend an. »Ist das wahr?«

»Ja, ist es, in drei Tagen bin ich wieder da.«

»Drei Tage«, wiederholte ich enttäuscht.

»Na ja, allein für die Flüge quer über den Kontinent von West nach Ost und wieder zurück gehen zwei Tage drauf, dann ein Tag in Gettysburg …, da kommen eine Menge Stunden zusammen. Du siehst, schneller ist es nicht möglich.«

Ich nickte, war erleichtert über sein Bemühen, seine Abwesenheit möglichst kurz zu halten.

Sogleich kam mir eine Idee. »Könntest du nicht über Weihnachten bleiben, das ist ja nicht mehr lange hin? Du würdest meine Mutter kennenlernen, wir würden gemeinsam feiern und …«

»Du willst, dass ich Weihnachten mit dir verbringe?«, unterbrach er mich.

»Mehr als irgendetwas sonst«, stieß ich inbrünstig und ziemlich laut hervor, sodass ich bereits Angst hatte, die Aufmerksamkeit der anderen Gäste zu erregen. »Bitte sag, dass du bleibst.«

Er zögerte, und einen herzzerreißenden Moment lang dachte ich, er würde sich weigern und ich stünde wie ein begossener Pudel da.

Palmers Miene wurde nachdenklich. »Eigentlich hatte ich nicht vor, länger als drei Tage zu bleiben. Außerdem sind die Rückflüge nach Alaska bereits gebucht.«

»Die kannst du doch sicher umbuchen.«

»Was mich betrifft, ich kann bis Weihnachten bleiben«, mischte Jack sich ein. »Was willst du denn kochen? Ein traditioneller Rinderbraten ginge für mich in Ordnung, den habe ich noch nie gegessen, obwohl ich eine Schwäche für Truthahn mit Füllung habe, falls das im Angebot ist.«

Ich hörte ihm kaum zu.

»Schinken mag ich nicht ganz so gern«, fuhr Jack fort, ohne dass jemand ihn beachtete, »aber wenn du dich entscheidest, welchen auf den Tisch zu bringen, werde ich mich nicht beschweren. Dir ist sicher schon aufgefallen, dass ich beim Essen nicht mäkelig bin.« Er sah erst mich, dann Palmer an. »Du hast mich doch ebenfalls eingeladen zu bleiben, oder?«

»Natürlich, Jack.«

»Gut«, nickte er sichtlich erleichtert, dass die Einladung ihn einschloss. »Einen Moment lang dachte ich, du meintest bloß Palmer.«

»Du bist jederzeit willkommen, Jack«, versicherte ich ihm.

»Wunderbar. Wann soll ich zum Frühstück bei euch erscheinen?«

Bevor ich antworten konnte, hörte ich, wie hinter mir in der Küche ein Tumult ausbrach. Ich stöhnte auf. Das klang ganz, als hätte mein Chef mal wieder einen seiner Wutanfälle. Diesmal einen besonders heftigen, denn sein lautes Gezeter ließ sogar die Gäste im Restaurant verstummen.

Palmers Augen trafen sich mit meinen. Er runzelte die Stirn und schien mich etwas fragen zu wollen, aber ich musste wirklich weg.

»Wir treffen uns um elf vor dem Eingang, wenn das für dich okay ist«, sagte ich und hastete in die Küche zurück, um zu verhindern, dass sich dort die Situation zuspitzte und noch größerer Schaden entstand.

Wie befürchtet, herrschte in der Küche ein entsetzliches Chaos. Maître Antoine machte soeben einen der Köche zur Schnecke, weshalb, war für mich nicht zu erkennen, fuchtelte wild mit den Armen herum und drohte allen mal wieder, er werde sie hochkant rausschmeißen. Als er mich entdeckte, steigerte sich seine Wut noch, und er fiel sogleich über mich her.

»Es ist dem Personal nicht gestattet, ins Restaurant zu gehen und dort mit irgendwelchen Leuten private Gespräche zu führen.«

Diese Regel gab es, und normalerweise hielt ich mich gewissenhaft daran.

»Freunde von außerhalb waren da, die nach mir gefragt haben«, entschuldigte ich mich in der Hoffnung, er werde Verständnis zeigen.

Weit gefehlt, seine Empörung schien sogar noch zu wachsen.

»Das ist mir so was von egal, und wenn es der Papst persönlich wäre!«

In diesem Augenblick riss bei mir der Geduldsfaden. Wochenlang hatte ich mir seine Schimpftiraden anhören müssen, wochenlang seine Launen ertragen und selbst widersinnige Anweisungen befolgt, jetzt reichte es mir. Schluss damit. Ich hatte genug. Mehr als genug.

Mit in die Hüften gestemmten Händen pflanzte ich mich vor ihm auf.

»Wann waren Sie eigentlich das letzte Mal länger als ein oder zwei Stunden am Stück in der Küche oder im Restaurant?«, giftete ich ihn an. »Und Sie wollen mir Vorhaltungen wegen einer solchen Kleinigkeit machen? Ausgerechnet mir, die Ihnen klaglos den Rücken freihält, die sich alles aufhalsen lässt und mehr tut, als sie müsste. Länger arbeitet als vertraglich vereinbart. Ein schöner Chef sind Sie.«

Ich registrierte, dass das Küchenteam beifällig nickte, wenngleich niemand etwas sagte.

»Du hast zugesagt …«, setzte er an, doch ich schnitt ihm sofort das Wort ab.

»Ich habe diese Stelle unter der Voraussetzung angenommen, dass ich von Ihnen etwas lerne, dass ich meine Kenntnisse erweitere und verfeinere, dass ich beginnen kann, selbst kreativ zu werden. Nichts von dem hat sich erfüllt. Sie halsen mir alles auf, wozu Sie keine Lust haben, wie das Überwachen der Abläufe in Küche und Service.« »Du hast einen Vertrag unterschrieben«, drohte er mir. »Wenn du glaubst, du könntest einfach alles hinwerfen, dann verklage ich dich, und wir sprechen uns vor Gericht wieder.«

Blitzschnell überlegte ich, wie ich darauf reagieren sollte. Vertrag war Vertrag, und bestimmt saß er am längeren Hebel. Trotzdem gelangte ich zu der Überzeugung, dass ich mir nicht alles gefallen lassen musste.

»In dem Vertrag steht nichts davon, dass ich schikaniert werden darf und Sachen übernehmen muss, die nicht zu meinem Aufgabenbereich gehören. Und es ist erst recht nicht zulässig, dass Sie mir Dinge aufbürden, die ausschließlich der Küchenchef zu verantworten hat, und mich niedermachen, wenn etwas schiefgeht.«

Mein Vorgesetzter funkelte mich finster an, seine Augen sprühten Feuer.

»Undankbares Ding. Da biete ich dir die Chance deines Lebens und muss mir so etwas gefallen lassen«, klagte er dramatisch, wobei er über das Niveau eines Schmierenkomödianten nicht hinauskam.

»Ja, auf eine große Chance habe ich gehofft, aber ich bin wohl von falschen Voraussetzungen ausgegangen. Jedenfalls ist aus dem Traum ein Albtraum geworden. Ich bin hier fertig«, schloss ich, band meine Schürze ab und warf sie in den Abfalleimer.

Antoine versuchte mir den Weg zu versperren. »Ich verklage dich auf jeden Penny, den du je zu verdienen hofftest.«

»Tun Sie das. Sie haben mich ohnehin schon ein paarmal gefeuert und immer wieder die vertraglichen Vereinbarungen gebrochen. Für beides gibt es Zeugen.

Und zudem schadet es dem Restaurant und damit Ihrem Umsatz, wenn öffentlich schmutzige Wäsche gewaschen wird. Mir dagegen ist das völlig egal.«

Entgeistert schaute er mich an. Damit, dass ich alles hinschmiss, hatte er offenbar nicht gerechnet. Und vermutlich würde er nie die Nerven haben, einen Prozess anzustrengen, dazu war seine Furcht vor einem Imageverlust viel zu groß. Ein so eitler, eingebildeter Mensch wie er würde es nicht ertragen, von seinem Thron gestoßen zu werden.

Als ich mich anschickte, die Küche zu verlassen, folgten mir drei Leute vom Küchenteam.

»Wenn Josie den Job hinschmeißt, kündige ich ebenfalls«, verkündete einer der Köche.

»Ich auch.«

»Und ich auch.«

Antoines Gesicht nahm die Farbe reifer Kirschen an.

»Ich verklage euch alle. Das werdet ihr bereuen, jeder Einzelne von euch«, tobte er. »Kommt sofort zurück. Ihr könnt nicht einfach gehen, ohne dass ich es euch erlaube.«

Kaum hatte ich die Küche verlassen, überkam mich ein überwältigendes Freiheitsgefühl. Ich fühlte mich so leicht, als könnte ich schweben. Es tat mir nur leid, dass ich mitten in meiner Schicht gegangen war und die verbliebenen Mitarbeiter es jetzt ausbaden mussten. In jeder Hinsicht. Zum einen mussten sie für die anderen mitarbeiten und zum anderen die gesteigerte Wut ihres Chefs über sich ergehen lassen.

Manchmal fragte ich mich insgeheim, ob der Maître nicht ein Drogenproblem hatte. Er wäre nicht der Einzige, denn viele Spitzenköche hatten unter dem auf ihnen lastenden Druck zu Drogen gegriffen. Wenn, hatte es bei Antoine allerdings die Arbeitsleistung nicht gesteigert, sondern gelähmt. Schade für ein großes Talent wie ihn.

Nachdem Palmer und Jack zu meinem Bedauern bereits gegangen waren, spazierte ich noch ein wenig durch die Stadt, um gegen elf zum Restaurant zurückzukehren, wo Palmer auf mich wartete. Gemeinsam schlenderten wir durch das festlich beleuchtete Hafenviertel, wobei ich ohne Punkt und Pause redete, ihm dieses und jenes erzählte, ihn auf alles aufmerksam machte, was er meiner Meinung nach gesehen haben musste, und ihm in allen Einzelheiten schilderte, wie bei uns Weihnachten gefeiert wurde. Ich quatschte ihn total zu und bemerkte lange Zeit gar nicht, dass er im Gegensatz zu mir sehr schweigsam war.

Erschrocken, weil ich fürchtete, das könnte ein schlechtes Zeichen sein, wandte ich mich an ihn.

»Du sagst ja gar nichts?«

Er grinste. »Es ist ein bisschen schwierig, bei dir zu Wort zu kommen«, neckte er mich.

Ich lehnte mich lachend gegen seine Schulter, war so glücklich und zufrieden wie lange nicht mehr. Zum ersten Mal seit Wochen fühlte ich mich frei und kam mir vor, als könnte ich die Flügel ausbreiten und davonfliegen.

Von meinem Krach mit Antoine und meiner formlosen Kündigung hatte ich ihm vorerst nichts erzählt. Das würde ich zu gegebener Zeit nachholen. Jetzt mochte ich nicht darüber reden, es würde mir bloß den Abend verderben. Und das wollte ich nicht riskieren, nachdem wir uns so lange nicht gesehen hatten. Die wenigen Stunden, die uns blieben, bevor er zur Ostküste aufbrach, sollten sinnvoller genutzt werden.

Indem wir zum Beispiel über Weihnachten sprachen.

Zu meiner Freude stieg Palmer auf das Thema ein und berichtete mir, dass er seinen Rückflug nach Alaska umgebucht hatte, sodass wir nach seiner Rückkehr aus Pennsylvania noch jede Menge Zeit für uns haben würden. Ein tröstlicher Gedanke, der mich in eine euphorische Stimmung versetzte und mich dazu brachte, allerlei Pläne zu schmieden.

Palmer hingegen wurde erneut schweigsam, drückte mich lediglich fest an sich.

»Du bist müde, richtig?«, fragte ich. »Na ja, ist ja kein Wunder nach dem langen Tag. Erst mit der Cessna nach Fairbanks, dann am Flughafen warten und schließlich der lange Flug hierher.«

»Ein bisschen«, räumte er ein.

»Möchtest du lieber gleich zum Hotel, damit du für den Trip nach Pennsylvania einigermaßen ausgeschlafen bist?«

Natürlich hoffte ich stark, dass er ablehnen würde, und er tat mir den Gefallen.

»Nein. Ich möchte mit dir zusammen sein.«

Augenblicklich fühlte ich mich besser und zog ihn weiter durch die Hafengegend. In der Ferne sah man die Lichter der Kitsap-Halbinsel, und selbst das Riesenrad am Hafen war trotz der späten Stunde noch beleuchtet.

Plötzlich knurrte mein Magen so laut, dass Palmer es hören konnte.

»Hast du überhaupt heute Abend etwas gegessen?«, erkundigte er sich prompt.

»Nein, eigentlich den ganzen Tag über nicht.«

»Dann sollten wir schleunigst zusehen, dass du etwas in den Magen bekommst.«

Daraufhin steuerten wir ein die ganze Nacht geöffnetes Lokal in der Nähe des Queen Anne Hill an, einen beliebten Treffpunkt bei Nachtschwärmern, und bestellten für uns beide etwas zu trinken und für mich ein Sandwich. Nichts Besonderes, doch es füllte meinen Magen. Händchenhaltend saßen wir anschließend noch eine Weile dort, bis unsere Unterhaltung immer schleppender wurde und wir immer öfter gähnten.

Widerwillig mussten wir einsehen, dass es Zeit war,

schlafen zu gehen. Palmer begleitete mich zurück zu meinem Auto, nahm mich unter der Laterne, wo ich es geparkt hatte, in die Arme und küsste mich. Unwillkürlich füllten sich meine Augen mit Tränen, die allerdings diesmal meiner übergroßen Rührung geschuldet waren.

Mir war einfach nicht bewusst gewesen, wie sehr ich seine Umarmungen vermisst hatte und wie leer mein Leben ohne ihn gewesen war. Jetzt hatte ich das Gefühl, alles in wenigen Stunden nachholen zu müssen. Ich klammerte mich an ihn, und wir hielten uns eng umschlungen, bis das Taxi kam, das ihn zu seinem Hotel entführte.

14. Kapitel

Palmer

Das Wiedersehen mit Josie verlief in jeder Hinsicht so, wie ich es mir erhofft hatte. Die Zweifel an der Echtheit ihrer Gefühle, die seit Thanksgiving an mir genagt hatten, waren verflogen.

Eine Reaktion, wie sie sie bei meinem Anblick gezeigt hatte, konnte nicht vorgetäuscht gewesen sein. Als sie in ihrer weißen, doppelreihigen Jacke aus der Küche ins Restaurant gekommen war, hatte ich jedes Quäntchen Selbstbeherrschung aufbieten müssen, um sie nicht in die Arme zu ziehen und sie bis zur Besinnungslosigkeit zu küssen.

Unsere Blicke waren voneinander angezogen worden wie zwei Magnete. Ich hätte die Augen nicht von ihr abwenden können, selbst wenn neben uns eine Bombe hochgegangen wäre. Es hatte mich wirklich böse erwischt, schlimmer, als ich es mir eingestehen mochte. Nachdem sie Ponder verlassen hatte, war ich in ein tiefes Loch gefallen und hatte eine große Leere empfunden, die durch kein Telefonat und durch keine E-Mail zu füllen gewesen war. Erschwerend war zudem meine krankhafte Eifersucht hinzugekommen, die mich vollends fertiggemacht hatte.

Jetzt hingegen schienen wir auf dem richtigen Weg zu sein. Josie wollte, dass ich über Weihnachten in Seattle blieb. Sie hatte mich nicht zweimal bitten müssen, obwohl ich meiner Freude nicht gerade überschäumend Ausdruck verliehen hatte. Das war nicht meine Art. Als vorsichtiger Mensch, der lieber einmal zu viel als einmal zu wenig über etwas nachdachte, hielt ich mich mit spontanen Gefühlsausbrüchen lieber zurück.

Was mich jedoch nicht gehindert hatte, gleich nach ihrer Weihnachtseinladung die Airline anzurufen und die Rückflüge nach Alaska umzubuchen. Meinen und den von Jack, denn der würde sich diese Gelegenheit, Weihnachten in Seattle zu verbringen, niemals nehmen lassen.

Während der ganzen Zeit in Pennsylvania war mir Josie nicht aus dem Kopf gegangen. Wenngleich sie mir keinerlei Anlass zu Zweifeln oder gar zu Misstrauen gegeben hatte, beschäftigte mich ständig die Frage, warum sie, wenn sie über ihre Arbeit im Restaurant sprach, ihren Chef so gut wie nicht erwähnte. Dabei klang zwischen den Zeilen immer durch, dass sie sich nicht unbedingt wohlfühlte. Warum? Was mochte dahinterstecken?

Insofern brannte ich darauf, so schnell wie möglich zu ihr zurückzukehren, aber ich musste mich in Geduld fassen, der lange Rückflug von Pittsburgh nach Seattle schien nicht enden zu wollen. Nachdem die Boeing 737 endlich auf der Landebahn aufgesetzt hatte und ich die Maschine verlassen hatte, nahm ich mir ein Taxi und fuhr zu dem Hotel im Herzen der Stadt, in dem Jack und ich uns einquartiert hatten. In den letzten drei Tagen hatte ich nicht mit ihm gesprochen, sodass ich darauf brannte zu hören, ob es irgendwelche Neuigkeiten gab, die für mich von Interesse waren.

Sowie ich im Hotel eingecheckt und mein Zimmer bekommen hatte, dasselbe wie bei meinem ersten Aufenthalt, wählte ich Jacks Nummer. Er meldete sich nach dem ersten Klingeln, fast als würde er auf dem Bett sitzen und auf meinen Anruf warten.

»Ich bin es, Palmer. Wollte mich kurz bei dir zurückmelden.«

»Wie ist es gelaufen?«

»Gut, der Mann war begeistert von dem Schwert. Hast du Josie gesehen?«

»Klar. War jeden Tag mit ihr zusammen, seit du nach Pennsylvania geflogen bist. Sie hat mich zu einem dieser riesigen Baumärkte mitgenommen, die sie hier haben. Unglaublich. War ein echtes Erlebnis. Und dann die Supermärkte! Hab noch nie so viel Obst, Gemüse und Blumen auf einem Haufen gesehen. Und

Fische gibt es da, von denen ich nicht mal gehört habe. Die schmeißen sie vor den Augen der Kunden hin und her, als würden sie Fischtischtennis spielen.« Er machte kaum eine Pause, um Luft zu holen. »Anschließend sind wir mit der Monorail gefahren, das ist eine Einschienenbahn, die auf Stelzen durch die Stadt fährt. Hat Spaß gemacht, über den Straßen dahinzugleiten. Sie wollte mit mir noch die Space Needle hoch, aber dazu war keine Zeit mehr.«

Dass Josie die Zeit gefunden hatte, Reiseführerin zu spielen, wunderte mich. Ich hatte den Eindruck gehabt, dass sie jeden Tag viele Stunden arbeitete, selbst die Kellnerin hatte gesagt, Josie sei morgens die Erste im Restaurant und abends die Letzte.

»Und weißt du, was noch?«, unterbrach Jack meine Gedanken.

»Jack, bitte hör auf, deine Spielchen mit mir zu machen. Wenn du etwas loswerden willst, spuck es einfach aus.«

Ich war ungeduldig und mehr als bloß ein bisschen eifersüchtig, weil Jack und nicht ich eine anscheinend unbegrenzte Zeit mit Josie hatte verbringen können.

»Josie hat ihren Job gekündigt. An dem Abend, als wir da waren, hat sie mitten in der Schicht alles hingeschmissen.« Jack kicherte, fand die Situation offenbar witzig. »Sie hat diesem Antoine gesagt, sie könne nicht länger für ihn arbeiten, nicht unter solchen Bedingungen. Ganz unter uns Blutsbrüdern: Ich glaube, er hat jede Menge Druck auf sie ausgeübt, und nicht allein in Bezug auf ihre Arbeit.«

Da war sie wieder, die leidige Frage, welcher Art die Beziehung zwischen Josie und ihrem Chef gewesen war. Komisch, dass sie mir das mit der Kündigung an jenem Abend nicht erzählt hatte. Über Gott und die Welt und über jede Sehenswürdigkeit von Seattle hatte sie geredet, nicht jedoch über das, was ihr eigentlich auf den Nägeln hätte brennen müssen.

Irgendwie kam mir das seltsam vor, und ich fragte mich, aus welchem Grund sie mir diese Neuigkeit verschwiegen haben mochte. Wollte sie nicht, dass ich von der Anmache ihres Chefs erfuhr? Oder war es nicht bei Belästigungen geblieben? Ein Gedanke, der mich auf der Stelle zur Weißglut trieb. Jedenfalls musste irgendetwas Dramatisches vorgefallen sein, wenn Josie mitten in ihrer Schicht einfach alles schmiss.

Ein Dutzend Szenarien malte ich mir aus, und keines war dabei, das mich beruhigt hätte. Das Gesicht des Mannes hatte mir von Anfang an missfallen, genauso wie das, was im Internet über ihn zu lesen war. Irgendwie hatte ich bei ihm ein ungutes Gefühl gehabt, obwohl ich mir immer wieder einzureden versuchte, dass meine Eifersucht mein Urteilsvermögen trübte.

»Weißt du Genaueres, was passiert ist?«, fragte ich Jack mühsam beherrscht. »Hat dieser Typ es bei ihr versucht? Wenn ja, dann – ich schwöre es dir – lasse ich ihn nicht ungestraft davonkommen.«

»Geh nicht gleich hoch wie eine Rakete und steigere dich nicht voreilig in etwas hinein. Josie hat über ihren Chef gesagt, dass er ein Riesenarschloch sei, mehr nicht. Einzelheiten hat sie keine erwähnt. Ich habe ihr angemerkt, dass sie nicht darüber reden wollte.«

Erneut sah ich meinen Verdacht bestätigt. Über normalen Ärger am Arbeitsplatz konnte man schließlich reden, oder? Ich musste herausfinden, warum Josie den Job geschmissen hatte, und wenn sie es mir nicht sagen wollte, würde ich diesem Antoine persönlich einen Besuch abstatten und zur Not die Wahrheit unter Einsatz der Fäuste aus ihm herauskriegen.

Männer aus Alaska fackelten nicht lange.

Nachdem ich mich bislang mit negativen Aspekten der Geschichte herumgeschlagen hatte, wurde mir mit einem Mal klar, was es für uns bedeutete, dass Josie nicht mehr in diesem Restaurant arbeitete. Hoffnung keimte in mir auf, dass damit die Wende eingeläutet wurde, auf die ich seit Wochen wartete. Würde sie unter den veränderten Bedingungen ihre Meinung ändern, meinen Antrag annehmen und künftig mit mir in Alaska leben? Unfähig, länger sitzen zu bleiben, sprang ich auf. Ich musste sie sehen, mit ihr reden, sie davon überzeugen, dass wir uns ein gemeinsames Leben aufbauen konnten.

»Ihre Mutter hat uns für morgen Abend zum Dinner eingeladen«, fuhr Jack fort, der meine Aufregung nicht zu bemerken schien. »Ich freue mich schon darauf, sie kennenzulernen, bislang hatte ich noch keine Gelegenheit dazu. Es ist dir hoffentlich recht, dass ich für dich zugesagt habe.«

»Sicher, gerne.«

Welch eine Frage. Natürlich würde ich zu dem Dinner gehen. Schließlich musste ich jetzt die Zeit wirklich nutzen, um herauszufinden, wie Josie ihre und unsere Zukunft sah. Auch wenn die Zeichen gut standen, musste ich weiterhin behutsam vorgehen und sie nicht vorschnell mit einem neuen Antrag überfallen. Das konnte leicht das Gegenteil bewirken.

»Können wir etwas essen gehen?«, erkundigte sich Jack.

Ich blickte auf die Uhr. »Es ist nicht mal fünf«, wandte ich ein.

»Ach komm«, drängte Jack. »Ich habe einen fantastischen Fish-and-Chips-Laden am Hafen entdeckt. Zwar sind viele Touristen da, aber das Essen ist die Wartezeit wert.«

»Weißt du, eigentlich hatte ich vorgehabt, Josie zu treffen. Weißt du zufällig, was sie heute Abend macht?«

Irgendwie hatte ich gehofft, sie würde mich kurz anrufen, um etwas zu verabreden. Jetzt, wo ich wusste, dass sie nicht mehr arbeitete, würde ich es eigentlich als selbstverständlich betrachten.

»Sie hat eine Verabredung.«

»Was?«, ereiferte ich mich. »Sie hat ein Date?«

»Kein Date, sie will irgendwas mit ein paar Freundinnen unternehmen. Irgendein albernes Weihnachtsritual, das sie jedes Jahr veranstalten.« Er hielt kurz inne. »Du hast meine Frage nicht beantwortet«, bohrte er nach. »Was ist nun mit Essengehen. Hast du Lust oder nicht? Meine letzte Mahlzeit ist Stunden her …«

Meine Gefühle fuhren Achterbahn. Die Neuigkeit, dass ich Josie nicht sehen würde, hatte mir den Appetit verschlagen. Doch alleine in meinem Hotelzimmer herumzusitzen reizte mich noch weniger.

»Okay, wir treffen uns in ein paar Minuten in der Lobby«, schlug ich vor.

Ich räumte kurz auf, zog meine Jacke wieder an, vergewisserte mich, dass ich meine Schlüsselkarte dabeihatte, und ging den Gang hinunter zum Fahrstuhl.

Während ich in der Lobby ungeduldig auf und ab tigerte und auf Jack wartete, hörte ich, wie jemand von der anderen Seite meinen Namen rief.

Es war Josie, die prompt auf mich zulief und sich mir in die Arme warf. Ich war so überrumpelt, dass sie mich fast von den Füßen riss. Jeder, der uns beobachtete, würde wahrscheinlich denken, dass wir uns seit einer Ewigkeit nicht gesehen hatten. Ich drückte sie an mich, schloss die Augen und sog den süßen Vanille- und Erdbeerduft ihrer Haare ein.

»Das war der längste Tag meines Lebens«, flüsterte

sie mir so leise ins Ohr, als wäre es ein verbotenes Geheimnis.

»Hast du mich vermisst?«, fragte ich.

»Jede einzelne Sekunde«, bekannte sie mit einem langen Seufzer.

Meine Enttäuschung verflog. Sie hatte also mit derselben Sehnsucht an mich gedacht wie ich an sie.

»Was machst du hier? Ich dachte, du hättest für heute Abend Pläne?«

»Habe ich, hat Jack es dir gesteckt? Ich treffe meine drei besten Freundinnen, die ich seit meiner Rückkehr aus Alaska noch nicht gesehen habe. Und weil ich dachte, du kämst erst sehr spät zurück, habe ich mich mit ihnen verabredet.«

Erneut stieg Frust in mir hoch, weil sie nicht auf mich gewartet und keine Versuche unternommen hatte, um herauszufinden, mit welchem Flieger ich landen würde. Aber sofort rief ich mich zur Ordnung. Es war egoistisch von mir, sie total für mich zu beanspruchen. So etwas war der Anfang vom Ende einer jeden Beziehung. Deshalb musste ich mich bemühen, toleranter zu werden und ihr ihren Freiraum zu lassen.

»Und was führt dich hier ins Hotel?«

»Ich wollte an der Rezeption eine Nachricht für dich hinterlassen, doch dann habe ich dich gesehen, und damit hat sich die Sache erübrigt. Jetzt kann ich es dir selber sagen.«

»Was willst du mir denn sagen?«, hakte ich ein

wenig verunsichert nach, weil das Ganze keinen Sinn zu machen schien.

»Ich wollte dir sagen, wie verrückt ich nach dir bin und wie verloren und einsam ich ohne dich war.« Sie blickte mich voller Wärme an. »Als du das erste Mal hier warst, hatten wir so wenig Zeit zum Reden, und du warst so still. Erst später ist mir klar geworden, dass du seit Thanksgiving so bist, dass du dich irgendwie verändert hast. Wenn ich angerufen habe, warst du zu beschäftigt, um mehr als ein paar Minuten mit mir zu sprechen. Gleichzeitig wurden deine Textnachrichten immer kürzer und knapper, kein Vergleich mehr mit denen von früher. Und auf meine Fragen, was mit dir los sei, hast du deine Arbeit vorgeschoben. Selbst hier in Seattle warst du distanzierter und abwesender, als ich es von dir gewohnt war. Was steckt dahinter, Palmer?«

Einen kurzen Moment überlegte ich, dann beschloss ich, dass Josie ein Recht auf die Wahrheit hatte.

»Ich habe das Foto von dir und diesem Antoine gesehen, das du bei Facebook gepostet hast«, gestand ich, hielt sie sacht an mich gedrückt und atmete in ihr Haar. »Ich war schrecklich eifersüchtig und hatte Angst, dass ich dich auf genau die Weise verlieren würde, vor der ich mich immer gefürchtet hatte.«

»Ach Palmer, wenn du wüsstest.«

»Jack sagte, du hättest deinen Job gekündigt. Was hat dieser Mann dir getan, Josie?«

Sie schüttelte den Kopf. »Alles und nichts, wie man es sehen will. Das ist eine lange Geschichte, die ich dir bei Gelegenheit in aller Ruhe erzählen werde.«

Bevor ich etwas erwidern konnte, kam Jack dazwischen.

»Josie!«, rief er überrascht. »Dachte nicht, dass wir dich heute Abend sehen würden.«

»Ich bin nur auf einen Sprung vorbeigekommen, weil ich eine Nachricht für Palmer hierlassen wollte. Und da habe ich ihn in der Lobby getroffen.«

»Was für eine Nachricht?«, hakte Jack sogleich neugierig nach.

»Oh, es ist eine Einladung für morgen Abend zum Dinner«, antwortete Josie geistesgegenwärtig.

Jack nickte. »Was kocht deine Mom eigentlich?«

Wenn man sich bei diesem alten Gauner auf etwas verlassen konnte, dann darauf, dass er an seinen Magen dachte.

»Eine ihrer Spezialitäten. Keine Angst, es wird dir schmecken.«

Hundertprozentig würde es das tun. Ich persönlich konnte mir nicht vorstellen, dass Jack irgendetwas Selbstgekochtes nicht mochte.

Josies Blick kreuzte sich wieder mit meinem, und ich schwöre, dass ich am liebsten an Ort und Stelle auf ein Knie gesunken wäre und ihr einen Antrag gemacht hätte.

»Meine Mutter freut sich, euch beide kennenzulernen«, versicherte sie, wobei sie lediglich mich anschaute.

»Bedank dich bei ihr in meinem Namen für die Einladung«, bat ich sie.

»Mach ich.« Sie sah auf die Uhr und schaute mich entschuldigend an. »Ich muss leider los, sonst komme ich zu spät zu der Party. Meine Freundinnen bedrängen mich, seit ich aus Alaska zurück bin. Ich konnte sie nicht gut enttäuschen, verstehst du …«

Ich sah, wie sie mit sich rang, wie sie hin- und hergerissen wurde zwischen dem Wunsch, ihre Freundinnen zu treffen, und dem, die Zeit lieber mit mir zu verbringen.

»Geh«, drängte ich. »Ich laufe dir nicht weg.«

»Ja, geh und amüsier dich«, schloss Jack sich an. »Du hast dir ein bisschen Spaß verdient, außerdem kommen jetzt die Feiertage. Gut, dass du dir nie wieder Gedanken machen musst wegen des Restaurants oder wegen dieses Antoine.«

Mir entging nicht, dass Josie erstarrte, als der Name ihres Chefs fiel, und einmal mehr fragte ich mich, was dieser Mann getan hatte, um mein Mädchen derart aus der Fassung zu bringen.

Ich legte ihr die Hände auf die Schultern.

»Josie, verrate mir schnell noch den wirklichen Grund, weshalb du gekündigt hast.«

Sie schüttelte den Kopf und wich meinem Blick aus.

»Das ist Schnee von gestern, ich möchte nicht darüber reden, okay?« Nicht jetzt.

Ich wollte ihr entgegenhalten, dass das ganz und gar nicht okay war, aber ich sah ein, dass dies kein Thema war, das man zwischen Tür und Angel besprechen konnte. Trotzdem hakte ich nach.

»Beantworte mir bloß eine Frage: Hat der Mann versucht, etwas mit dir anzufangen?«

»Wenn du damit meinst, ob er mir zu nahe getreten ist, das war nicht der Fall, zumindest nicht im eigentlichen Sinne. Er wollte mich daten.«

Daten. Eine elegante Art, um auszudrücken, was sie und ich meinten.

Ich hatte es die ganze Zeit gewusst. Es überraschte mich überhaupt nicht zu erfahren, dass der Kerl Josie unter Druck gesetzt hatte. Sie war schön, witzig, klug … Kein Wunder, dass er sich zu ihr hingezogen fühlte, wer wollte ihm das verübeln. Hauptsache, er hatte die Finger von ihr gelassen, doch hatte er das? Ich musste es einfach wissen, sonst würde ich nie Ruhe finden.

»Hat er versucht, dich unter Druck zu setzen?«

»Ein bisschen vielleicht.«

»Wieso kommt es mir so vor, als würdest du das, was wirklich passiert ist, herunterspielen?«

»Palmer, bitte, hör auf damit. Das war lediglich ein kleiner Teil des Gesamtproblems, zumal er es sein ließ, sobald er endgültig begriffen hatte, dass ich nicht interessiert war.«

Nun, das war zumindest eine klare Antwort. Erleichtert begleitete ich Josie aus dem Hotel heraus.

»Sehen wir uns morgen?«, erkundigte ich mich.

Sie biss sich auf die Unterlippe, wirkte gequält. »Ich habe morgen zwei Vorstellungsgespräche. Es tut mir leid, Palmer. Ich würde wirklich gerne mehr Zeit mit dir verbringen, aber ich brauche einen neuen Job, und zwar bald. Ich will schließlich nicht meiner Mutter auf der Tasche liegen. Wir sehen uns morgen Abend. Und über Weihnachten bin ich ganz für dich da, das verspreche ich hoch und heilig.«

Mein Herz wurde schwer. Wenn Josie auf Jobsuche war, konnte ich meine Hoffnungen, dass sie mit mir nach Ponder zurückkehrte, wohl für alle Zeiten begraben. Tapfer schluckte ich meine Enttäuschung hinunter.

»Schon gut, Josie, mach dir keine Gedanken.«

Sie umarmte mich impulsiv, bevor sie den belebten Bürgersteig hinuntereilte und in der Menge verschwand.

Jack gesellte sich zu mir. »Sie ist echt etwas Besonderes, nicht wahr?«

»Yeah«, stimmte ich sarkastisch zu. »Das kannst du laut sagen.«

Als mich ein vorbeihastender Passant anrempelte und mich ins Stolpern brachte, zog ich Jack beiseite. »Lass uns machen, dass wir hier wegkommen. Bei all diesen Menschen bekomme ich Platzangst.«

In diesem Moment überkam mich eine schmerzliche Sehnsucht nach meinem kleinen Dorf in Alaska, nach dem Frieden und der Ruhe dort. Ich hatte das unbestimmte Gefühl, dass Ponder mich nach Hause rief und dass ich diesem Ruf folgen musste, obwohl die Frau meiner Träume hier in Seattle lebte.

»Ich weiß wirklich nicht, wo all die Leute herkommen«, beschwerte sich Jack.

»Ich auch nicht«, pflichtete ich ihm bei. »Ich habe genug von Menschen und Flughäfen und Weihnachten in der Stadt.«

»Jede Wette, dass die Mehrheit von denen noch nie die besseren Dinge des Lebens kennengelernt hat, zum Beispiel Karibufleisch.«

»Wahrscheinlich nicht«, stimmte ich mit einem traurigen Lächeln zu.

»Dafür gibt es hier gute Fish and Chips. Ich könnte einen Happen vertragen. Worauf warten wir noch?«

»Okay«, willigte ich ein, legte ihm einen Arm um die Schulter und ging mit ihm zum Hafen.

Am nächsten Abend fuhren wir zum Haus von Josies Mutter. Es lag in einer ruhigen Gegend und bot einen atemberaubenden Blick über die hell erleuchtete Stadt. Viele Familien hatten ihre Häuser weihnachtlich herausgeputzt mit Lichterketten an Dachkanten, Veranden sowie Büschen und Bäumen. Durch die großen Wohnzimmerfenster sah man geschmückte Weihnachtsbäume, und in nicht wenigen Vorgärten tummelten sich beleuchtete Figuren, allen voran Rentiere und Weihnachtsmänner.

Mir erschien diese ganze Außendekoration ziemlich sinnfrei. In Ponder lieferte uns die Natur selbst den schönsten Schmuck, dann funkelten unzählige Sterne wie wahllos verstreuter Glitzerstaub am Nachthimmel. Und wenn man überdies das Nordlicht sah … Nichts konnte schöner sein als dieses Naturschauspiel.

Jack klingelte an der Haustür, ich hielt den Blumenstrauß, den wir am Nachmittag auf dem Pike Place Market gekauft hatten. Der Tag war lang und müßig gewesen, wir hatten uns die Zeit mit einem Spaziergang am Wasser und einem Kinobesuch vertrieben. Und die ganze Zeit über hatte ich mich gefragt, ob Josie einen der Jobs bekommen hatte, für die sie sich bewerben wollte, und wenn ja, was das für uns bedeuten würde.

Josie öffnete uns die Tür und empfing uns mit einem strahlenden Lächeln.

»Ihr seid pünktlich, wie schön.«

Wie konnte sie auf die Idee kommen, wir würden nicht pünktlich sein, fragte ich mich amüsiert. Sie sollte inzwischen wissen, dass sich Jack in seinem ganzen Leben noch nie zu einer Mahlzeit verspätet hatte.

Als wir das gemütliche, warme Wohnzimmer betraten, kam uns eine Frau mittleren Alters aus der Küche entgegen. Sie trug eine dunkle Hose und einen roten Pullover und hatte sich eine mit Ilexbeeren bedruckte Schürze um die Taille gebunden. Auf den ersten Blick sah man, dass es sich um Josies Mutter handeln musste, so frappierend war die Ähnlichkeit zwischen den beiden.

»Mom«, sagte Josie, während sie neben mich trat und einen Arm um mich legte, »das hier ist Palmer, wie du dir denken kannst, und der elegante Herr neben ihm ist sein Freund Jack.« Dann machte sie eine Handbewegung zur anderen Seite: »Und das hier ist meine Mutter Gina Avery.«

»Ich freue mich, Sie kennenzulernen«, sagte ich zu der Dame des Hauses und überreichte ihr mit einer schwungvollen Geste den Blumenstrauß.

»Wie aufmerksam von Ihnen.« Sie nahm die Blumen entgegen. »Danke Palmer, danke Jack.«

»Wir haben uns für die Einladung zu bedanken«, gab ich höflich zurück.

Mein Freund, der sich sonst immer vordrängte, hatte bislang kein Wort gesagt, stand vollkommen regungslos da und hatte allein Augen für Josies Mutter.

Was sollte das jetzt, zum Teufel?

»Jack«, raunte ich ihm verstohlen zu. »Das ist Josies Mutter. Vielleicht solltest du sie endlich begrüßen.«

Er fuhr fort, sie anzustarren, bis ich ihm einen Rippenstoß versetzte und er vorwärtsstolperte.

»Hallo«, sagte er mit einer Stimme, die sich anhörte, als wäre der alte Gauner in Trance gefallen.

Josie sah mich fragend an. Auch sie verstand nicht,

was plötzlich mit Jack los war, und ich vermochte es ihr nicht zu erklären.

»Jemand hätte mich warnen sollen«, krächzte Jack mit einem Mal.

Ich war mir weder sicher, ob er mit mir redete, noch worauf seine kryptische Formulierung abzielte.

Wovor um alles in der Welt hätten wir ihn warnen sollen?

15. Kapitel

Josie

Irgendetwas war mit Jack passiert. Er konnte nicht aufhören, meine Mutter anzustieren. Und dass er zudem seine Mahlzeit kaum anrührte, war nun ganz und gar ungewöhnlich für ihn. Der Mann lebte schließlich sonst fast ausschließlich für sein Essen.

Palmer saß neben mir am Tisch, und wir wechselten mehr als einen amüsierten Blick, weil Jack so offensichtlich völlig neben sich stand.

»Es hat wunderbar geschmeckt, einfach köstlich«, machte Palmer an seiner Stelle meiner Mutter ein Kompliment für die Fleischpastete mit Guinness, eine von ihren Spezialitäten und ein Lieblingsgericht von mir und der ganzen Familie.

»Du hast dich selbst übertroffen, Mom«, fügte ich lobend hinzu, da sie gewusst hatte, wie wichtig mir dieser Abend war.

»Es freut mich, dass es Ihnen geschmeckt hat«, sagte meine Mutter zu Palmer, bevor sie sich an Jack wandte. »Und was ist mit Ihnen? Sie haben ja kaum etwas gegessen. Soll ich Ihnen vielleicht irgendetwas anderes machen?«

Jack schüttelte stumm den Kopf.

»Sicher nicht?«

Seit unser alaskisches Urgestein zur Tür hereingekommen war, hatte er nicht mehr als ein paar Worte gesagt. Es war mir völlig rätselhaft, was mit einem Mal in ihn gefahren sein mochte.

Als meine Mutter aber Anstalten machte, vom Tisch aufzustehen, schoss er förmlich los, um ihren Stuhl nach hinten zu ziehen.

»Danke, Jack«, sagte sie und warf mir einen fragenden Blick zu, den ich mit einem Achselzucken beantwortete, weil ich nicht wusste, was ich hätte sagen sollen.

Dann allerdings benahm er sich total irre. Er blieb hinter meiner Mutter stehen, beugte sich vor und schnupperte an ihrem Hals.

»Jack!«, entfuhr es Palmer entsetzt. »Was um Himmels willen tust du da?«

»Scheint so, als würde er an mir schnüffeln wie ein Hund«, stellte Mom lakonisch fest und drehte den Kopf, um Jack stirnrunzelnd anzusehen.

»Es tut mir leid, tut mir wirklich leid«, stammelte er daraufhin. »Ich wollte wissen, ob Sie riechen wie ein Mensch. Weil ich einfach nicht glauben kann, dass Sie real sind.«

»Real? Jack, alter Ganove, was in drei Teufels Namen ist in dich gefahren?«, fragte Palmer.

Jacks Gesicht begann rot anzulaufen, und verlegen wandte er sich mir zu.

»Deine Mutter sieht aus wie ein Engel.«

»Ich kann Ihnen versichern, dass ich keiner bin«, beschied sie ihm mit einem spöttischen Lächeln und griff nach den Tellern, um den Tisch abzuräumen, doch Jack nahm sie ihr aus der Hand und folgte ihr wie ein Hündchen in die Küche.

»Was Jack nur hat?«, erkundigte ich mich bei Palmer, der genauso verblüfft wirkte wie ich.

»Das Ganze ist verrückt«, erwiderte er und zuckte ratlos mit den Schultern. »Er ist ja manchmal komisch, aber so habe ich ihn noch nie erlebt.«

»Wirklich nicht? Du kennst ihn immerhin seit vielen Jahren. Er kommt mir vor, als würde er orientierungslos wie in einem Nebel umhertappen.«

Ein paar Minuten später kehrte Jack ins Esszimmer zurück, blieb auf der Türschwelle stehen, sah Palmer und mich an, presste eine Hand auf sein Herz und schwankte leicht.

»Ich bin verliebt«, verkündete er.

»Jack, du hast meine Mom gerade erst kennengelernt«, versuchte ich ihn auf den Boden der Tatsachen zurückzubringen. »Ist es da nicht arg früh, so große Töne zu spucken?«

Offenbar sah er das nicht so. Meine Worte schienen

nicht einmal zu ihm durchzudringen, wie mir ein Blick in seine glasigen Augen verriet. Was auch immer ihn an meiner Mutter so gefesselt haben mochte, es war und blieb mir ein Rätsel.

Schließlich setzte er sich uns gegenüber, verschränkte die Arme auf dem Tisch und beugte sich vor.

»In dem Moment, wo ich deine Mutter gesehen habe, war mir, als hätte mir jemand einen Schlag versetzt. Was immer es war, es hat mich schlimmer erwischt als die Grippe oder jede andere Krankheit. Schlimmer sogar als die Beulenpest«, raunte er uns zu.

Mal ganz davon abgesehen, dass er bestimmt nie die Beulenpest hatte, waren seine Analogien gewöhnungsbedürftig. Welche Frau wollte bitte mit einer Seuche verglichen werden?

»Habt ihr gesehen, was mit mir passiert ist? Ich bin mir vorgekommen, als hätte mich ein Vorschlaghammer getroffen«, fügte er hinzu, damit wir das Gefühlschaos, in dem er sich zu befinden schien, nur ja nicht unterschätzten.

»Deine Faszination bei Ginas Anblick war kaum zu übersehen«, konstatierte Palmer grinsend.

Der spöttische Unterton entging Jack.

»Ich weiß. In meiner Zunge war ein Knoten, sodass ich kein Wort herausbrachte, und später konnte ich nicht mal mein Essen anrühren. Es fällt mir nach wie vor schwer zu glauben, dass sie kein himmlisches Wesen, sondern ein Mensch aus Fleisch und Blut ist.«

»Was um alles in der Welt hat dich dazu getrieben, an ihrem Hals zu schnuppern?«

Jack wirkte verlegen, die Sache schien selbst ihm peinlich zu sein.

»Als der Engel, der sie ist, hat sie mir verziehen«, erklärte er, ohne die Frage zu beantworten.

»Hör auf meinen Rat und versuch das nicht noch einmal«, warnte ich ihn. »So etwas mag niemand, und schon gar nicht meine Mom.«

Darauf ging er ebenfalls nicht ein, sondern beugte sich erneut vor und dämpfte seine Stimme, als wären seine nächsten Worte von größter Bedeutung.

»Josie, ich muss es wissen, bitte sei ehrlich.«

»Was wissen?« Palmer und ich wechselten einen alarmierten Blick.

»Ich will wissen, ob ich eventuell eine Chance bei deiner Mutter habe.«

Seine Augen beschworen mich, ihm Hoffnung zu machen, mir hingegen blieb die Sprache weg. Wenn er sich noch weiter über den Tisch beugte, würde er mit dem Gesicht in der Salatschüssel landen, war das Einzige, woran ich in diesem Moment denken konnte.

Da ich nicht wusste, was ich sagen sollte, sah ich hilfesuchend zu Palmer hinüber.

»Könntest du Josie und mir eine Minute geben, um die Lage zu besprechen?«, fragte er daraufhin seinen sichtlich verstörten Freund.

Jack blickte uns abwechselnd an, bevor er zustimmend nickte.

»Unter vier Augen«, stellte Palmer klar.

»Unter vier Augen«, echote Jack, schob seinen Stuhl zurück, ging ins Wohnzimmer und marschierte vor dem Weihnachtsbaum auf und ab.

»Was soll ich ihm sagen?«, fragte ich. »Ich will ihn nicht kränken, dennoch muss er begreifen, dass sein Benehmen meiner Mutter gegenüber ihm wahrscheinlich Minuspunkte eingetragen hat. Obwohl Jack ja irgendwie ein lieber Kerl ist, kann ich mir die beiden absolut nicht zusammen vorstellen. Mom schaudert wahrscheinlich bei der Vorstellung.«

»Man weiß nie.« Palmer lachte. »Vielleicht solltest du sie selbst fragen.«

»Echt?« Mir schien der Vorschlag ebenso abwegig wie überflüssig. Andererseits konnte man bei Beziehungsgeschichten die verrücktesten Sachen erleben. Da ich meiner Mutter ohnehin beim Kaffeekochen helfen wollte, ging ich also in die Küche.

Ich fand sie vor, wie sie am Tresen gelehnt dastand und sich tief in Gedanken versunken mit dem Zeigefinger gegen die Lippen tippte. Sie schien nicht zu merken, dass ich den Raum betreten hatte.

Zum wiederholten Male fragte ich mich, ob es etwas gab, das sie mir nicht erzählen mochte. Bereits im Zusammenhang mit ihrem Ausflug nach Leavenworth hatte ich den Verdacht gehabt. Sie war damals so merkwürdig gewesen, hatte ausweichend geantwortet oder rasch das Thema gewechselt, was ihr gar nicht ähnlich sah. Normalerweise pflegte sie immer lang und breit zu erzählen, was sie erlebt hatte. So ausführlich sogar, dass ich ihren Redefluss bisweilen stoppen musste. Insofern war das alles äußerst seltsam.

»Wie es aussieht, hast du in Jack einen glühenden Verehrer ergattert«, scherzte ich.

Nervös begann meine Mutter mit der Kaffeemaschine zu hantieren.

»Sieht so aus. Allerdings ist er, wie ich zugeben muss, ziemlich gewöhnungsbedürftig, wenngleich er es eindeutig nicht böse meint«, erwiderte sie lächelnd. »Vielleicht wird man ja in der Wildnis so.«

»So ist er nicht immer«, wandte ich ein. »Ein bisschen eigenartig vielleicht, ebenfalls ein bisschen einfältig, aber heute hat er echt den Vogel abgeschossen.« Ich legte eine Kunstpause ein und schaute sie an. »Du lachst dich tot, wenn du hörst, was dahintersteckt. Er hat sich unsterblich in dich verliebt und will jetzt wissen, ob er eine Chance bei dir hat.«

Wider Erwarten lachte meine Mutter nicht, wirkte eher leicht betroffen.

»O Gott, das tut mir leid. Weißt du, ob er vielleicht verzweifelt eine Frau sucht? Er lebt nicht bloß in Alaska, sondern in Ponder. Also in der Wildnis, wo das Angebot an Frauen vermutlich mehr als bescheiden sein dürfte. Wie weit, sagtest du, ist dieser Ort von der Zivilisation entfernt?«

»Ein paar Stunden. Allerdings gewöhnt man sich dran und vermisst die Einkaufs- und Unterhaltungsmöglichkeiten gar nicht mehr so sehr. Behaupten zumindest diejenigen, die seit Langem dort leben. Übrigens ist es komisch«, fügte ich hinzu, »seitdem ich Ponder verlassen habe, vermisse ich die Abgeschiedenheit, die Ruhe und den Frieden sogar.«

»Willst du mir etwa Alaska schmackhaft machen? Josie, wirklich, kannst du dir ernsthaft vorstellen, dass ich woanders leben könnte als hier? Das wäre ja ein Kulturschock sondergleichen. Selbst mit einem passenderen Mann als diesem Jack vermag ich mir das nicht vorzustellen.«

»Himmel, nein. Ich habe keine andere Antwort von dir erwartet. Ich wollte dir einfach nur erklären, wieso er heute derart von der Rolle ist. Palmer wird ihm schon verklickern, dass du nicht sein Engel sein willst.«

Sie lachte. »Irgendwie ist es ja süß von ihm.«

Süß war nicht unbedingt das Wort, das ich gebraucht hätte, um Jacks Verhalten zu beschreiben. Immerhin wohnte seiner Arglosigkeit, mit der er alles ganz selbstverständlich für sich in Anspruch nahm, eine gewisse Unverfrorenheit, um nicht zu sagen Dreistigkeit, inne. Doch darüber mochte ich mit meiner Mutter nicht diskutieren.

»Ich helfe dir mit dem Kaffee«, sagte ich stattdessen und griff nach der Glaskanne.

Da ich wusste, wie Jack und Palmer ihren Kaffee tranken, machte ich auch für sie die Becher gleich fertig. Mit der Eisbombe die es zum Dessert geben sollte, warteten wir lieber noch ein bisschen, wenngleich es in Anbetracht von Jacks Gemütsverfassung ratsam zu sein schien, den Abend früh ausklingen zu lassen.

Als wir mit dem Kaffee ins Wohnzimmer kamen, saß Jack vornübergebeugt auf dem Sofa und barg den Kopf in den Händen. Sobald er uns hörte, blickte er auf und gab ein leises Stöhnen von sich.

»Gina«, hauchte er, als wäre ein Geist in den Raum geschwebt und nicht meine Mutter.

»Hier ist Kaffee«, erklärte sie resolut und stellte seinen Becher vor ihm auf den Couchtisch. »Würde jemand gerne Weihnachtsmusik hören?«, fügte sie hinzu und griff, ohne eine Antwort abzuwarten, nach der Fernbedienung.

Es herrschte eine merkwürdige Stimmung. Jack fand trotz leiser Weihnachtsmusik nicht seine Sprache wieder, Palmer betrachtete angelegentlich unsere Weihnachtsstrümpfe, die am Kamin hingen, und meine Mutter liebäugelte glatt mit der Gefahr und setzte sich, ihren Kaffeebecher in der Hand, neben Jack auf das Sofa, der weiterhin völlig abwesend wirkte und mit verklärter Miene vor sich hin starrte.

Energisch wedelte ich mit der Hand vor seinem Gesicht herum.

»Hallo, aufwachen, ich habe Mom von Ponder erzählt, wie schön es dort ist und wie sehr es mir im vergangenen Sommer ans Herz gewachsen ist.«

Es war ein falscher Gesprächsversuch, denn ich lockte nicht Jack aus der Reserve, sondern meine Mutter.

»Ja, und ich habe meiner Tochter gesagt, ich würde mich nie an so einem derart gottverlassenen Ort sehen. Oder sie, was das betrifft.«

Jetzt war Palmer gekränkt und setzte bereits an, seine geliebte Heimat in Alaska gegen solch harsche Ablehnung zu verteidigen, doch ich warf ihm einen bittenden Blick zu, damit er die Situation nicht unnötig verschärfte.

»Ich habe Mom außerdem erzählt«, fuhr ich fort, »wie ich mich an die Einsamkeit dort gewöhnt habe. Weil sie mit einem Frieden und einer Schönheit verbunden ist, die ich nirgendwo sonst gefunden habe. Der Ort mag zwar winzig sein und kaum Abwechslung bieten, aber die Freundschaften, die ich dort geschlossen habe, sind von der Art, die ein Leben lang halten. Man verlässt sich aufeinander und hilft sich gegenseitig.

Du hast recht, Mom, dass Ponder sich nicht annähernd mit Seattle oder irgendeiner anderen Großstadt vergleichen lässt, dafür hat es seinen eigenen

Charakter und seinen eigenen Reiz. Ich vermisse es mehr, als ich je gedacht hätte.«

Nachdem ich meine Hymne auf Ponder beendet hatte, stellte ich erleichtert fest, dass Palmer sich merklich entspannt hatte, und das war für mich erst mal die Hauptsache.

»Mir gefällt Seattle gut«, meldete Jack sich mit einem Mal zu Wort und sah meine Mutter direkt an. »Sie wissen vermutlich nicht, wie die Jobaussichten für einen Jagd- und Angelführer hier sind?«

»Leider nicht«, entgegnete Mom verdutzt.

»Hab nie eine andere Arbeit gemacht, außer dass ich nebenbei schnitze.«

»Du kannst schnitzen, Jack?«, fragte ich. »Du steckst wirklich voller Überraschungen.«

»Ja. Im Laufe der Jahre habe ich einen Haufen Bärenfiguren geschnitzt.« Erneut wandte er sich an meine Mutter. »Die könnte ich vielleicht auf dem großen Markt beim Hafen verkaufen, an so einem richtigen Stand … Das heißt natürlich, wenn ich einen Grund hätte, in Seattle zu leben.«

»Und ich dachte immer, du hättest Probleme mit Menschenmengen«, erinnerte ihn Palmer.

»Das gebe ich zu«, erwiderte Jack und fügte pathetisch hinzu: »Doch für eine Frau, die sein Herz erobert hat, muss ein Mann Kompromisse machen, vor allem wenn sie sich weigert, in Alaska zu leben.«

Für eine Weile schwiegen wir alle, bis sich Palmer

schließlich auf die Lehne meines Sessels setzte und Worte aussprach, mit denen ich nie im Leben gerechnet hätte.

»Ich tendiere dazu, ihm zuzustimmen.«

»Wirklich?«, flüsterte ich, während mein Herz wie verrückt zu rasen begann.

»Ja, man muss Kompromisse eingehen. Ich habe mir ein Grundstück in der Nähe von Fairbanks angesehen, das fünfzehn bis zwanzig Minuten mit dem Auto von der Stadt entfernt liegt. Nah genug, um dort zu arbeiten, und weit genug außerhalb, um nicht das Gefühl zu haben, von der halben Welt bedrängt zu werden.«

Er griff nach meiner Hand, umschloss sie mit seiner und verflocht unsere Finger miteinander.

Ungläubig blinzelte ich ihn an. Ein Gefühl von Wärme und Liebe durchlief meinen Körper, und wären wir alleine gewesen, hätte ich die Arme nach ihm ausgestreckt und ihn geküsst.

»Waren Sie schon mal in Alaska?«, fragte Jack meine Mutter.

»Nein, tut mir leid, sagen zu müssen, dass ich in dieser Ecke der Welt noch nie gewesen bin, obwohl ich viel davon gehört habe, wie schön Alaska sein soll. Vor allem dort, wo die Kreuzfahrtschiffe anlegen. Haben Sie jemals eine Kreuzfahrt gemacht, Jack?«

Palmer hustete demonstrativ, um einen Lachkrampf zu kaschieren. Jack auf einem Kreuzfahrtschiff, das war echt ein Brüller.

»Alles gut«, keuchte er, als Mom ihn verwundert ansah, hatte aber nach wie vor große Mühe, seinen Anfall unter Kontrolle zu bringen.

Jack hingegen schien das alles absolut nicht komisch zu finden.

»Ich werde Sie jetzt etwas fragen, Gina«, begann er mit großer Ernsthaftigkeit, »und ich muss die Wahrheit wissen.«

Panik ergriff mich bei seinen Worten, denn ich ahnte, was jetzt kam, und unwillkürlich tastete ich nach Palmers Hand.

»Ich muss wissen, ob es eine Liebe in Ihrem Leben gibt, Gina«, hörte ich Jack sagen.

Völlig überrumpelt, schluckte Mom hart, und ich sah ihr an, dass die Frage sie vor ein Problem stellte. Sie blinzelte einige Male, schickte einen schuldbewussten Blick in meine Richtung und bestätigte so, dass ich mit meinem Verdacht richtiggelegen hatte. Es gab jemanden in ihrem Leben. Jemanden, der ihr wichtig war. Ihr Gesicht sprach Bände.

Als eine Antwort ausblieb, bohrte ich nach. »Mom, was ist? Es muss dir schließlich nicht unangenehm sein, wenn du jemanden kennengelernt hast, der dich interessiert.«

»Sie meinen mich?«, erkundigte Jack sich hoffnungsvoll.

»Nun gut, ich gebe es zu, da ist jemand …«, räumte sie widerstrebend ein.

»Das ist ja wunderbar«, versicherte ich.

»Craig und ich treffen uns seit ein paar Monaten.«

»Craig?«, wiederholte Jack und erkannte in diesem Augenblick, dass seine Felle davonschwammen.

»Kenne ich ihn?«

Ich konnte mich nicht erinnern, jemals jemandem begegnet zu sein, der so hieß.

»Wir waren zusammen in Leavenworth, tut mir leid, dass ich dir nicht die Wahrheit gesagt habe. Ich weiß selbst nicht, warum. Vermutlich habe ich befürchtet, du könntest was dagegen haben.«

»Warum sollte ich?«

»Ich weiß nicht. Vielleicht weil ich mir lange Zeit nicht sicher war.«

»Craig hat mich also ausgestochen?«, klagte Jack und vergrub das Gesicht in den Händen.

Im selben Moment klingelte es an der Tür.

»Erwartest du jemanden?«, fragte ich sie und wusste sogleich die Antwort.

Ein verlegener Ausdruck huschte über ihr Gesicht, als sie aufstand, um zur Tür zu gehen und einen attraktiven, hochgewachsenen Mann mit dichten weißen Haaren hereinzulassen. Die beiden tuschelten miteinander, wobei ich lediglich Bruchstücke verstehen konnte.

»Jetzt ist kein günstiger Zeitpunkt«, flüsterte meine Mutter.

»Das sagst du jedes Mal, wenn du nicht möchtest, dass ich deine Tochter kennenlerne«, murmelte der Weißhaarige leise.

Endlich schienen sie sich geeinigt zu haben und betraten gemeinsam das Wohnzimmer.

»Jack, Palmer, Josie, ich möchte euch meinen … Freund Dr. Craig Hunt vorstellen.«

»Freund?«, hakte Craig nach, während Jack einen weiteren Verzweiflungslaut ausstieß und sich gegen die Sofalehne zurückfallen ließ.

»Brauchen Sie medizinische Hilfe?«, erkundigte Craig sich, der offensichtlich Arzt war.

Unisono schüttelten wir bis auf Jack den Kopf, um die Sache nicht zu dramatisieren.

»Nein, mein Freund ist okay, er hat sich lediglich gerade eben über etwas schrecklich aufgeregt. Kein Grund zur Sorge also.«

Der Doktor wirkte nicht überzeugt, ließ es jedoch dabei bewenden. Bestimmt entging ihm die komische Stimmung im Raum nicht.

Als ich die drängenden Blicke meiner Mutter bemerkte, erhob ich mich aus meinem Sessel, ging zu ihr, um sie zu umarmen, und streckte sodann Craig eine Hand hin.

»Ich bin Josie, Ginas Tochter, und ich kann Ihnen gar nicht sagen, wie sehr ich mich freue, Sie kennenzulernen … Endlich.«

Craig Hunt grinste, und wir umarmten uns spontan. Ich freute mich ehrlich für meine Mutter und hoffte, dass sie sich genauso für mich freuen würde, wenn ich ihr erklärte, dass es auch in meinem eigenen Leben einen Planwechsel gab.

16. Kapitel

Palmer

Der Abend mit Josie und ihrer Mutter war nicht so verlaufen, wie es mir vorgeschwebt hatte. Jacks Benehmen war schon schlimm genug, hinzu kam das unerwartete Auftauchen von Gina Averys Freund.

Die Ankunft des Doktors war für uns alle eine Überraschung gewesen, selbst für Gina. Sicher wäre es ohne Jack sogar ganz nett geworden, aber mit ihm war es ganz unmöglich gewesen, länger zu bleiben. Am Ende wäre er noch auf seinen vermeintlichen Rivalen losgegangen. Also schnappte ich ihn mir und räumte mit ihm das Feld, bevor er sich weiterhin blamierte, selbst wenn das bedeutete, auf das Dessert zu verzichten, das Josie für uns zubereitet hatte. Wir verabredeten uns für den nächsten Tag, um in Ruhe alles Weitere zu besprechen.

Was mich betraf, so hatte ich vom Großstadtleben für die nächsten zwei Jahre die Nase voll.

Eigentlich hatte ich versprochen, über Weihnachten

in Seattle zu bleiben, doch angesichts all dessen, was heute passiert war, wusste ich nicht recht, ob das eine gute Idee war.

Jack war nach wie vor völlig außer sich, beklagte den Verlust der *Liebe seines Lebens*, seine Worte, nicht meine, und schien wild entschlossen, dem Arzt, der an dem ganzen Malheur völlig unschuldig war, den Kampf anzusagen. Keine Aussichten also, die mich zum Bleiben reizten.

Darüber hinaus wusste ich nicht so recht, was ich von Josies neuerlicher Jobsuche halten sollte. Hieß das, sie war unter keinen Umständen bereit, Seattle zu verlassen? Dann wäre auch mein Angebot mit Fairbanks überflüssig, und es würden für mich traurige Weihnachten werden. Das musste ich auf jeden Fall im Vorfeld klären.

Wir trafen uns am nächsten Tag in einem Restaurant in der Nähe meines Hotels. Jack hatte sein Zimmer nicht mehr verlassen, seit wir am Vorabend zurückgekommen waren, was mir sehr recht war, bevor er plötzlich auf die Schnapsidee kam, mich zu meiner Verabredung zu begleiten, um seine tollen Ratschläge an den Mann zu bringen. Bei Jack wusste man nie, wenngleich er jetzt eher selbst Rat brauchte. Er war wirklich nichts als ein Häufchen Elend und tat mir trotz allem leid.

Da Josie noch nicht da war, setzte ich mich in eine

Nische, um im Geist alles, was ich vorbringen wollte, ein letztes Mal durchzugehen.

Und dann kam sie, auf die Minute pünktlich. Wie immer, wenn ich sie sah, machte mein Herz einen Satz. Mal vor lauter Freude, mal vor Sorge, was mich erwartete. Heute war Letzteres der Fall.

Ich sehnte mich verzweifelt danach, sie zu einem Teil meines Lebens zu machen, aber nach allem, was ich in Seattle erlebt hatte, war ich mir absolut nicht sicher, ob dieser Traum je wahr würde. Nachdem eine Hostess ihr die Garderobe abgenommen hatte, wurde sie an meinen Tisch geführt.

Sie rutschte auf die Bank mir gegenüber und bedachte mich mit einem heiteren Lächeln, das sogleich meine Stimmung ein wenig hob.

»Zu Hause alles in Ordnung?«, erkundigte ich mich, um zunächst ein unverfängliches Thema anzuschneiden.

Sie seufzte. »Ja. Mom ist so verliebt in Craig und er in sie, man mag es kaum glauben in diesem Alter. Ich weiß nicht, warum sie sich nicht getraut hat, mir von ihm zu erzählen. Er ist verwitwet wie sie, und sie scheinen viel gemeinsam zu haben. Insofern sind sie ein ideales Gespann. Ich freue mich wirklich für sie.«

»Er gefällt dir also?«

»Sehr sogar. Er ist ein wirklich höflicher, rücksichtsvoller Mensch, ein echter Gentleman. Er hat sich sogar bei mir dafür entschuldigt, dass er gestern Abend uneingeladen aufgekreuzt ist. Es war ihm richtiggehend peinlich, weil er keine Ahnung gehabt hatte, dass Besuch da war. Eigentlich wollte er Mom deshalb überfallen, weil sie ihm noch nicht ihre Tochter vorgestellt hatte. Auch so eine Sache. Anscheinend hatte sie ihm versprochen, uns bald nach meiner Rückkehr aus Ponder miteinander bekannt zu machen, doch dann hat sie ihn offenbar mit einer Ausrede nach der anderen abgespeist, sodass er die Sache schließlich selbst in die Hand genommen hat.«

»Da war die Sache mit Jack ja sozusagen das Tüpfelchen auf dem i. Dass bei ihr ein Typ *Holzfäller aus Alaska* auf dem Sofa saß, der sich zudem Chancen bei ihr ausrechnete, damit hatte er wirklich nicht rechnen können.«

»Nein, das war in der Tat ein Ablacher, so leid mir Jack tut. Mom hat Craig die Sache erklärt, nachdem ihr weg wart, damit er die komische Situation besser einzuordnen vermochte. Wie geht es Jack im Übrigen heute? Hat er sich wieder eingekriegt? Gestern dachte ich ja, er habe den Verstand verloren.«

Bei der Erinnerung an den gestrigen Abend war es mir schier unmöglich, einen neuerlichen Lachanfall zu unterdrücken.

»Stell dir vor, er hat völlig im Ernst behauptet, deine Mutter sei die Liebe seines Lebens und er werde nie über den Verlust hinwegkommen.«

»O Gott, der Ärmste.«

»Bislang ist er nicht mal aus seinem Zimmer gekommen, hat sich allerdings beim Zimmerservice ein so großes Frühstück bestellt, dass zwei Kellner nötig waren, um es heranzuschleppen.«

Eine freundliche Bedienung blieb bei uns stehen, listete die Tagesgerichte auf und fragte nach unseren Wünschen. Da wir beide im Gegensatz zu unserem Freund keinen großen Appetit verspürten, begnügten wir uns mit einem Salat.

»Wir sollten vielleicht ein bisschen mehr Mitgefühl mit Jack haben, wenn er meint, die Liebe seines Lebens verloren zu haben«, meinte ich mitleidsvoll. »Selbst wenn es total lachhaft war, er hat es immerhin ganz ernst gemeint.«

»Er wird darüber hinwegkommen.«

»Trotzdem tut er mir leid.«

»Mir ebenfalls. Ich habe sogar versucht, ihm einen Ausweg zu zeigen. Immerhin weist der Umstand, dass er sich so stark zu deiner Mutter hingezogen fühlte, darauf hin, dass er gerne eine Frau in seinem Leben hätte, was er früher ja immer abgestritten hat. Also habe ich ihn ermuntert, es mal online bei einer dieser Datingsites zu versuchen. Mal sehen, ob er darauf eingeht.«

Josies Augen verschatteten sich. »Hast du das selbst mal probiert, Palmer?«

»Ich auf einer Datingsite?« Grinsend schüttelte ich den Kopf. »Nein, wirklich nicht. Und du?«

»Dito«, erwiderte sie und fügte dann völlig zusammenhanglos hinzu: »Vielleicht interessiert es dich, dass mein Chef, Exchef vielmehr, sich mit mir in Verbindung gesetzt hat.«

Es wunderte mich nicht, das zu hören. Ich war nämlich im Grunde davon ausgegangen, dass es nicht lange dauern würde, bis er sich bemühte, sie zurückzuholen. Unter welchen Zugeständnissen auch immer.

»Hat er dir eine Gehaltserhöhung angeboten?«

»Nein, ganz im Gegenteil. Er hat mir angedroht, dass er alles daransetzen werde, damit ich in dieser Stadt nie wieder einen Job kriegen werde.«

Der Mann war ein Idiot, wenn er nicht erkannte, was für ein Juwel er in Josie gehabt hatte.

»Er boykottiert dich?«

»Zumindest versucht er es. Allerdings bezweifle ich, dass er damit durchkommt. Egal, mir sind ohnehin wegen eines Jobs in der Restaurantbranche ernsthafte Zweifel gekommen. Die Arbeitszeiten sind einfach mörderisch, da bleibt einem letztlich kein Freiraum mehr, zumal man abends schlagtot ist. Irgendwie ist mir mein Traum von einer Karriere als Spitzenköchin ziemlich vermiest worden.«

»Aber du hast dich bei anderen Restaurants beworben«, wandte ich ein.

»Das schon, jedoch mehr aus Pflichtgefühl.«

»Pflichtgefühl?«

»Um meine Ausbildung zu bezahlen, musste meine

Mutter sich ganz schön krummlegen, und ich habe nebenbei gejobbt. Das schießt man nicht so ohne Weiteres in den Wind. Ich hatte das Gefühl, es wenigstens noch mal versuchen zu müssen.« Sie zögerte. »Irgendwann wurde mir dann klar, dass es gar nicht das ist, was ich eigentlich will. Ich möchte mehr aus meinem Talent machen, als in einer heißen Küche zu stehen und den anderen Angestellten Anweisungen zu erteilen oder die Rezepte anderer Küchenchefs zuzubereiten.«

Meine Lebensgeister meldeten sich zurück. Genau das hatte ich von ihr hören wollen. Eine Weile schwieg ich noch, bevor ich den Sprung ins kalte Wasser wagte.

»Würdest du denn eventuell in Erwägung ziehen die nächste Saison wieder in der Lodge zu arbeiten?«, fragte ich ziemlich umständlich und wartete begierig auf ihre Antwort.

Sie lächelte, runzelte aber zugleich die Stirn.

»Ich weiß ehrlich gesagt nicht, ob mir das reichen wird, Palmer.«

»Nein? Das heißt, dass du nach wie vor nicht den Wunsch hast, nach Ponder zurückzukehren?«

Ihre Antwort hatte meinen Hoffnungen einen schweren Schlag versetzt, und ich wollte die kalte Dusche, ihre Absage, so schnell wie möglich hinter mich bringen. Doch was sie dann hinzufügte, ließ mich aufatmen.

»Hast du nicht gehört, wie ich Ponder gestern Abend verteidigt habe?«, gab Josie zurück.

»Was hat das damit zu tun? Immerhin hast du nicht gesagt, dass du dort leben möchtest oder dass du es dir vorstellen könntest, dort zu leben.«

Die Wärme in ihren Augen verriet mir alles. Alles, was ich wissen musste: Sie liebte mich. Mein Herzschlag dröhnte in meinen Ohren, sodass ich meine eigene Stimme kaum verstand.

Josie senkte den Blick und strich die Stoffserviette auf ihrem Schoß glatt.

»Wenn ich einen guten Grund hätte, Palmer, würde ich nach Ponder zurückgehen.«

Ich schob den Arm über den Tisch und griff nach ihrer Hand.

»Ich weiß, wie ungeschickt ich mich angestellt habe, als ich dich das erste Mal gefragt habe, ob du mich heiraten willst. Ich liebe dich, Josie. Du verdienst all die romantischen Worte, die es gibt, und ich wünschte mir mehr als alles andere, sie dir sagen zu können. Leider liegt mir das nicht, wie du weißt. Ich bin nur ein Mann, der sich nicht vorzustellen vermag, dass du kein Teil seines Lebens bist. Als du nach Ponder kamst, hatte ich das Gefühl, den einzigen Menschen auf der Welt gefunden zu haben, mit dem ich vollständig bin. Ich konnte es gar nicht erwarten, Zeit mit dir zu verbringen. Mit dir zusammen zu sein war der beste Teil meines Tages. Sogar meine Arbeit, in der ich voll und ganz aufgehe, trat dahinter zurück. Du bedeutest mir alles. Ich hatte gehofft, dir das ausreichend bewiesen zu haben, indem ich über meinen Schatten sprang und dir half, nach Seattle zurückzukommen, damit du deinen Job antreten konntest. Dein Glück war und ist mir wichtig. *Du* bist mir wichtig.«

»Du bist mir ebenfalls wichtig.«

»Ich habe so sehr gehofft, dass du mich vermisst und noch einmal über meinen Antrag nachdenkst.«

»Dich zu heiraten und in Ponder zu bleiben, war keine leichte Entscheidung. Ich brauchte Zeit, zumal ich zwei Optionen gegeneinander abwägen musste. Ich fand es wichtig, meinem Traum eine Chance zu geben. Anders hätte ich nicht herauszufinden können, ob es wirklich ein Traum war und ob dieser Job meine hochgesteckten Erwartungen erfüllte. Er tat es nicht. Dadurch wurde mir immer klarer, wie sehr ich dich liebte. Nichts war so, wie ich es mir vorgestellt hatte.« Seufzend sah sie ihn an. »Hinzu kam schließlich, dass ich den Eindruck hatte, du würdest dich von mir zurückziehen – der Gedanke, dass ich es vielleicht bereits vermasselt hatte, war schrecklich.«

Es war mir unangenehm, die Wahrheit einzugestehen, doch da wir gerade dabei waren, reinen Tisch zu machen, musste ich ebenfalls die Karten offenlegen und genauso ehrlich zu Josie sein, wie sie es zu mir war.

»Ich hatte alle Hoffnung verloren und hielt es angesichts der Gefahr, dich zu verlieren, für das Beste, Schadensbegrenzung zu betreiben, mich seelisch zu wappnen und mich einzuigeln.«

»Ging es um diesen albernen Facebookpost? Warum hast du mich nicht danach gefragt? Hättest du es getan, würde ich dir alles erklärt haben. Es war mein erster Tag in dem Job, als das Foto geschossen wurde, und ich hatte keine Ahnung, worauf ich mich da einließ.«

»Ich dachte, ich könnte dich nicht fragen, nachdem es mein Wunsch gewesen war, über deinen Chef nicht zu sprechen«, gestand ich. »Und ich wollte zudem nicht, dass du denkst, ich sei zu einem Stalker mutiert.«

Sie lachte. »Palmer, also wirklich, meinen Facebookpost zu lesen macht dich noch lange nicht zu einem Stalker.«

Was sollte ich ansonsten vorbringen? Ich wusste es nicht und hatte dennoch das Gefühl, irgendwas Bedeutendes von mir geben zu müssen.

»Du weißt, dass ich dich liebe. Wenn ich irgendein Gedicht wüsste, würde ich es rezitieren. Wenn ich Gitarre spielen könnte, würde ich dir ein Ständchen bringen. Leider bin ich zu beidem nicht imstande. Ich kann dir bloß eines sagen, dass mein Herz dir gehört, sofern du es denn haben willst.«

Sie schenkte mir ihr schönstes Lächeln, das ich so liebte und das mir Mut machte.

Rasch fügte ich hinzu: »Ich möchte mit dir als meiner Frau ein Leben aufbauen, und wenn du bereit dazu bist, würde ich gerne mit dir eine Familie gründen.« Ich stieß vernehmlich den Atem aus. »Was sagst du dazu?«

Josie betupfte mit ihrer Serviette die Augen, sah mich an und nickte.

»Ist das ein Ja?«

»Ja, Palmer, das ist ein klares und deutliches Ja. Was dachtest du denn, wie meine Antwort ausfallen würde?«

Ich konnte nicht länger still sitzen bleiben, sprang auf und kniete neben ihr nieder. Ihre Hände schlossen sich um mein Gesicht, sie beugte sich vor und küsste mich. Am Rande registrierte ich, wie es im Restaurant schlagartig still wurde und viele Gäste zu uns herüberschauten, aber das kümmerte mich nicht. Jetzt hatte ich alles, was ich für ein rundum perfektes Weihnachtsfest brauchte, und das war Josie.

Nach einigen Küssen hob sie den Kopf.

»Du solltest besser aufstehen. Die Leute starren uns schon an«, mahnte sie mich.

Ich küsste sie ein letztes Mal und kehrte überglücklich auf meinen Platz zurück. Über den Tisch hinweg hielten wir uns an den Händen. Keiner von uns rührte den Salat an, der inzwischen gebracht worden war.

»Werden wir in Ponder leben?«, erkundigte sie sich.

»Während der Saison ganz sicher. Außerhalb der

Saison kann man darüber reden. Das Grundstück in Fairbanks sieht vielversprechend aus. Wir werden da leben, wo du dich am wohlsten fühlst, Josie, vor allem, wenn wir eine Familie haben.«

»Ich wünsche mir Kinder«, flüsterte sie.

»Das möchte ich auch.« Erneut zog ich ihre Hand an die Lippen. »Doch wir werden ebenfalls schauen, wie und wo du dein Talent und deine Ausbildung nutzen kannst, das verspreche ich dir. Ponder ist nicht das Ende der Welt, und die Leute müssen überall essen. Bestimmt werden wir etwas Passendes für dich finden.«

»Dein Vertrauen bedeutet mir alles. Ich bin zuversichtlich, dass uns etwas einfallen wird, ich habe sogar bereits ein paar Ideen. Im Augenblick müssen wir aber nicht darüber nachdenken. Deine Frau zu werden, das Leben mit dir zu teilen, das ist vorerst das Wichtigste und alles, was ich mir wünsche und brauche.«

Liebevoll umfasste ich ihr Gesicht. »Habe ich es dieses Mal besser gemacht mit meinem Antrag?«, erkundigte ich mich mit einem Hauch Selbstironie.

»Viel besser, wenngleich ich nichts dagegen hätte, wenn du mir noch einmal versichern würdest, wie sehr du meine geraden weißen Zähne bewunderst.«

Stöhnend schüttelte ich den Kopf. »Erinnere mich nicht daran, für dieses Fiasko war nämlich der gute Jack verantwortlich. Ich war damals so durch den

Wind, dass ich mich auf ihn verlassen habe. Das war so was von dämlich von mir.«

»Okay, bevor du dir weiter Vorwürfe machst, sollst du wissen, dass deine neue Art, einen Heiratsantrag zu formulieren, alles geboten hat, was sich eine Frau von dem Mann, den sie liebt, erhoffen kann.«

»Danke.« Ich lernte zwar nicht schnell, aber ich versuchte mein Bestes zu geben.

Als die Kellnerin an unseren Tisch kam, bemerkte sie verwundert, dass keiner von uns sein Essen angerührt hatte.

»Hat es nicht geschmeckt?«, wollte sie wissen. »Dann kann ich Ihnen ja etwas anderes bringen.«

Ich nahm mir kaum Zeit, den Blick für eine einzige Minute von Josie zu wenden.

»Nein, ich denke nicht«, erklärte ich, um mich sogleich zu berichtigen. »Halt, wenn ich es mir recht überlege, hätten wir doch gerne etwas anderes, nämlich eine Flasche Champagner.«

»Haben Sie etwas Besonderes zu feiern?«, hakte sie neugierig nach.

»Könnte man so sagen: Wir haben soeben beschlossen zu heiraten.«

Das Gesicht der Kellnerin leuchtete auf.

»Das ist ja wunderbar. Herzlichen Glückwunsch! Ein Heiratsantrag an den Feiertagen, etwas Romantischeres gibt es gar nicht.«

EPILOG

Josie

Drei Jahre später

Ich schrieb eine weitere Zutat auf, ging zum Herd und rührte frischen Ingwer in die Kürbissuppe.

»Ist sie schon fertig?«, fragte Jack, der bereits seit einer Weile am Küchentresen saß und hungrig den Topf auf dem Herd beäugte.

»Eine Minute noch. Der Ingwer muss Geschmack abgeben, bevor du probierst.«

Jack hielt den Löffel einsatzbereit in der Faust und schaute erwartungsvoll zu mir hinüber. Er war immer der Erste, der meine Gerichte kostete, bevor ich sie in meinem Blog veröffentlichte.

Die Idee, Rezepte mit heimischen Zutaten aus Alaska vorzustellen, hatte sich als durchschlagender Erfolg erwiesen, und inzwischen hatte ich über zweihundertfünfzigtausend Follower. Darüber hinaus hatte die Beliebtheit des Blogs die Aufmerksamkeit einiger Werbeagenturen und Firmen geweckt, die Anzeigen schalten wollten.

Als Palmer und ich heirateten, hatte ich mich gefragt, wie ich meine berufliche Qualifikation in einer so abgelegenen Gegend Alaskas wie in Ponder nutzen konnte. Mit einem Restaurant hätte ich hier nur verhungern können. Angie war es, die mich auf die Idee mit dem Blog brachte, und hatte sich mit mir gemeinsam den Titel ausgesucht.

Mein Alaskaurlaub: Mit der Fülle der Natur fantastische Gerichte zaubern.

Mein erster Eintrag enthielt neben meinem Rezept für Elch Stroganoff die Geschichte von Jack dem Jagdführer und seiner Vorliebe fürs Essen. Ich stellte sie ins Internet, ohne mir viel davon zu erwarten, und war geradezu erschlagen über die Fülle der Antworten und über die Begeisterung, die darin zum Ausdruck kam. Seitdem war mein Publikum ständig gewachsen.

Niemals war ich anfangs davon ausgegangen, dass ich mit dem Blog Geld verdienen könnte, ich hatte ihn mehr als Hobby und als eine Art Beschäftigungstherapie für einsame Stunden gesehen. Umso erstaunter war ich, als sich irgendwann sogar ein Kochkanal wegen einer möglichen Fernsehshow bei mir meldete, in der die traditionellen, von mir verfeinerten Rezepte und meine Geschichten über Land und Leute vorgestellt werden sollten. Es kam mir wie ein Märchen vor.

Und nach wie vor vermochte ich es nicht zu fassen, wie wunderbar sich alles in meinem Leben gefügt hatte.

»Jetzt sollte die Suppe aber langsam fertig sein«, maulte Jack und riss mich aus meinen Gedanken.

»Noch drei Minuten«, erwiderte ich. »Hab Geduld, denn die Suppe schmeckt umso besser, je länger sie zieht. Gut Ding will Weile haben, vergiss das nicht.«

»Ich habe Hunger.«

»Du hast immer Hunger.«

Er grinste jungenhaft, und seine Augen funkelten.

»Stimmt, und dafür solltest du mir dankbar sein. Wenn ich deine Kochkünste nicht so lieben würde, wo wärst du dann?«

Ich nickte, Jack hatte mir auf jedem Schritt meines Weges Mut gemacht.

Es war ein schönes Leben. Nach meinem Umzug nach Ponder hatten Palmer und ich uns noch enger an Angie und Steve angeschlossen, die zwischenzeitlich zu den beiden Jungs ein kleines Mädchen namens Jaden bekommen hatten. Außerdem unterstützte Angie mich bei meinen Blogs, gab mir Ratschläge für Geschichten und verpasste den Texten den letzten Schliff. Im Gegenzug fungierte ich als Testleserin bei ihren Romanen.

Gerade als ich Jack seine Suppe servieren wollte, kam Donna herein, die vor einem Tag für die Frühjahrsferien aus Fairbanks gekommen war. Jack hatte sie vor drei Jahren auf der Rückreise von Seattle nach Alaska kennengelernt. Die verwitwete Lehrerin aus Fairbanks hatte während des Fluges neben ihm gesessen und ihm offenbar das Vertrauen in die Frauen zurückgegeben, das meine Mutter so schrecklich zerstört hatte. Jedenfalls waren sie seitdem in Kontakt geblieben.

Es dauerte nicht lange, bis Jack jeden Vorwand nutzte, der ihm einfiel, um nach Fairbanks zu fliegen, und sechs Monate später heirateten die beiden. Donna unterrichtete weiterhin in Fairbanks, verbrachte jedoch praktisch den gesamten Sommer in Ponder. Am Ende der Saison wiederum zog Jack, der nach wie vor als Jagd- und Angelführer für die Lodge arbeitete, zu ihr nach Fairbanks. Das Arrangement funktionierte zur Zufriedenheit beider hervorragend, und Palmer und ich waren froh, den alten Kauz endlich in guten Händen zu wissen.

»Ich dachte mir bereits, dass ich dich hier finden würde«, sagte Donna zu ihrem Mann.

»Josie hat Suppe gemacht«, erklärte er und hielt ihr das Gesicht hin, damit sie ihn küssen konnte, was sie auch bereitwillig tat, seit sie ihn dazu gebracht hatte, seinen Bart ordentlich zu stutzen.

»Möchtest du probieren?«, bot ich an. »Es ist Suppe aus den Kürbissen, die ich diesen Sommer im Garten gezogen habe.«

Die meisten Leute wussten nicht, dass in Alaska

dank der langen Stunden Tageslicht während des Sommers die Gärten eine Fülle ausgezeichneten und extragroßen Gemüses hervorbrachten. Für mich als Foodbloggerin und Köchin ein Geschenk des Himmels. Zwei meiner beliebtesten Blogs zeigten Bilder von meinem Garten und der unglaublichen Größe meiner Kürbisse und anderer Gemüsesorten.

»Ich habe das Rezept ein wenig abgeändert und noch etwas …«

»… Ingwer dazugetan«, beendete Donna den Satz für mich. »Der Duft hat mich begrüßt, sobald ich zur Tür hereingekommen bin.«

»Also, wie ist es? Möchtest du einen Teller? Es ist genug da.«

Donna nickte und zog sich einen Hocker heran, um sich zu Jack an den Küchentresen zu setzen.

Ich stellte ihnen zwei Teller Suppe hin und holte meinen Notizblock, um mir ihre Kommentare zu notieren. Jede Köchin und jede Foodbloggerin machte das, um festzuhalten, welche Änderungen sie noch vornehmen musste. Bei Jack war das allerdings sinnlos, von ihm kam selten ein brauchbarer Vorschlag. Er würde so ziemlich alles essen, was ich ihm vorsetzte. Damit war er zwar nicht mein bester Kritiker, wohl aber mein größter Fan. Zum Glück besaß Donna mehr Urteilsvermögen und machte das Defizit ihres Mannes mehr als wett, denn ihre Verbesserungsvorschläge waren meist sehr hilfreich.

Nachdem sie ihre Suppe gegessen hatten, begaben sich die beiden auf den Rückweg zur Lodge, wo Donna inzwischen ein Kinderprogramm entwickelt hatte, das so gut ankam, dass die Brewsters während der Saison zwei Collegestudentinnen einstellten, die sich um die Betreuung der Kinder kümmerten. Seitdem kamen neben den üblichen Gästen wie Wanderern, Jägern und Anglern verstärkt Familien mit Kindern, die früher eher die Ausnahme dargestellt hatten. Jetzt waren es sogar so viele, dass neue Hütten gebaut werden mussten.

Während der Saison war ich ebenfalls meist in der Lodge anzutreffen, weil ich dort kochte und mich um die Organisation des Restaurantbetriebs kümmerte. Die Brewsters hatten mir Mitarbeiter gewährt und ließen mir bei der Gestaltung der Speisekarte und bei meinen Rezepten völlig freie Hand. Sogar ein Restaurantkritiker war schon auf die gehobene Küche, die in der Wildnis geboten wurde, aufmerksam geworden.

Nicht allein die Lodge profitierte von dem zunehmenden Gästestrom. Palmer konnte sich desgleichen nicht beklagen. Im Sommer kamen viele Touristen in seiner Werkstatt vorbei und erstanden kleinere und größere Schwerter. Sein Bürgerkriegsschwert, das er drei Jahre zuvor kurz vor Weihnachten abgeliefert hatte, brachte ihm außerdem bei einem Fernsehwettbewerb zehntausend Dollar ein, die wir für Anbauten am Haus nutzten, da wir eine Vergrößerung der Familie planten.

Auch bei meiner Mutter stand alles zum Besten. Sie und Craig hatten weniger als einen Monat nach mir und Palmer geheiratet, und in der Zwischenzeit hatte ich meinen Stiefvater schätzen und bewundern gelernt. Er war ein rundum freundlicher, großzügiger und ausgeglichener Mann, und meine Mutter hätte sich nichts Besseres wünschen können. Da Craig nicht mehr praktizierte, hatten sie viel Zeit zum Reisen. Letzten Winter waren sie auf einer Kreuzfahrt im Südpazifik unterwegs gewesen, die in Hawaii begann und in Australien endete, und vor Kurzem hatten sie eine Kreuzfahrt nach Südamerika unternommen. Wie ich meine Mutter kannte, hatte sie sich als eifrige Strickerin in Peru sicherlich mit Wolle eingedeckt.

Kurz nach Mittag tauchte Palmer mit vom Schmiedefeuer gerötetem Gesicht in der Küche auf.

»Ist der Lunch fertig?«, fragte er, zögerte aber, als er meinen Gesichtsausdruck sah. »Was ist los, ist dir die Suppe angebrannt?«

»Nein.«

»Zum Glück, es riecht nämlich köstlich.«

Er blieb vor dem Herd stehen, wedelte mit der Hand über dem Topf, schloss die Augen und sog tief den Duft ein.

»Das ist Ingwer«, half ich ihm auf die Sprünge.

»Richtig«, bestätigte er, schnupperte ein letztes Mal und runzelte die Stirn. »Stimmt etwas nicht? Du siehst aus, als würdest du etwas im Schilde führen. Diesen Ausdruck kenne ich.«

Geheimnisvoll grinste ich ihn an, bis ich mit der Sprache rausrückte.

»Erinnerst du dich, dass ich Donna gebeten habe, mir aus Fairbanks Schwangerschaftstests mitzubringen?«

Palmer erstarrte. »Ja, ich erinnere mich«, erwiderte er leise.

»Ich habe heute Morgen einen benutzt.«

»Und?«

»Wir sind schwanger.«

Auf meine Antwort folgte Schweigen, Palmer schien es nicht fassen zu können. Doch dann stieß er einen Freudenschrei aus, der die Balken erzittern ließ, fasste mich um die Taille und schwang mich durch die Luft.

»Palmer, Palmer, lass mich runter.«

Ohne auf meinen Protest zu achten, trug er mich zum Sofa und setzte mich auf seinen Schoß, umschloss mit seinen großen, kräftigen Händen mein Gesicht und begann mich zärtlich zu küssen.

Ich lehnte den Kopf gegen seine Schulter. »Freust du dich?«

»Siehst du das nicht? Allerdings bin ich leicht überrascht, wie schnell das geklappt hat. Ich dachte, solche Dinge brauchen mehr Zeit.«

Er hatte recht. Ich war selbst überrascht gewesen, da ich die Pille noch nicht lange abgesetzt hatte.

»Weißt du, dass ich Gott jeden Tag dafür danke, dass du mich geheiratet hast, Josie? Jeden einzelnen Tag.«

»Und ich danke ihm, dass du so hartnäckig warst. Ich vermag mir nicht vorzustellen, wie mein Leben andernfalls ausgesehen hätte. Durch dich habe ich erst begriffen, dass das, was ich hier habe, bei Weitem das überwiegt, was ich dafür aufgeben musste.«

Das Leben war schön. Mehr noch, es war wundervoll. Nach wie vor vermochte ich mein Glück kaum zu fassen, dass aus meinem Abstecher nach Alaska für einen Sommerjob so viel mehr geworden war.